U0123980

爱读书
读好书
善读书

「三读」丛书　中共浙江省委宣传部　编

开卷有益

宋韵文化之制度

浙江人民出版社

出版说明

习近平总书记强调："在新时代坚持和发展中国特色社会主义，要求全党来一个大学习。"党的十九大提出了建设马克思主义学习型政党，推动建设学习大国的重要战略任务。根据"领导干部要爱读书读好书善读书"的要求，我们组织专家学者编撰《"三读"丛书·开卷有益》，作为各级党员领导干部提高理论修养、陶冶情操、增强人文底蕴的"口袋读本"。

宋韵文化是中华优秀传统文化的重要组成部分，是具有中国气派和浙江辨识度的重要文化标识。本丛书从制度、经济、思想、文学艺术、教育、科技、建筑和百姓生活八个方面，分为概述、名篇、解读、风物四大板块，通过解码宋韵文化，助力打造浙江历史文化金名片。

编　者

2021 年 12 月

目录

概述

名篇

解读

风物

概述

■ 宋韵文化之制度概述

宋韵文化之制度概述

在中国历史上，宋朝是一个十分重要的朝代。自960年赵匡胤通过陈桥兵变，黄袍加身，建立北宋政权算起，到1279年崖山之战失败，元灭南宋为止，历时320年。宋朝可分为前后两个历史时期：前期建都于开封府，史称北宋（960—1127）；后期建都于临安府（今杭州），史称南宋（1127—1279）。两宋立国320年，虽不及汉、唐、明、清国土辽阔，却以在封建社会中无可比拟的经济繁荣和社会发展的高度，跻身于中国古代最辉煌的历史时期之列。无论是文化教育的普及、文学艺术的繁荣、学术思想的活跃、科学技术的进步，还是社会生活的丰富多彩，南宋都达到了前所未有的程度，在这些方面都处于当时世界的领先地位。著名史学家邓广铭认为：宋代的文化，在中国封建社会历史时期之内，截至明清之际西学东渐的时期为止，可以说，已经达到了登峰造极的高度。

南宋王朝长期处于外族入侵的严重威胁之下，为此南宋军民进行了100多年艰苦卓绝的抵抗斗争，涌现了无数气壮山河、可歌可泣的爱国事迹和民族英雄。仅《宋史·忠义列传》就收录有爱国志士277人，其中，大部分是南宋人。南宋初期，宗泽力主抗金，并屡败金兵，因不能收复北宋失地而死不瞑目，临终时连呼三次"过河"；洪皓出使金朝被流放至冷山（今吉林农安），历尽艰辛、终不屈服，被人比作汉代的苏武；陆游笔下"死去元知万事空，但悲不见九州同"的诗句表达了他渴望祖国统一的遗愿；辛弃疾的词作则抒发了盼望收复故土和反对主和误国的激情。

众所周知，金是中国历史上继匈奴、突厥、契丹后一个十分强大的少数民族政权。金军先后灭亡了辽和北宋，南侵之势简直锐不可当，但南宋军民浴血奋战，虽屡经挫折，终于抵挡住了金军一次又一次的进攻，在外患深重的困境中站稳了脚跟。在持久的宋金战争中，南宋的军事力量不但没有削弱反而逐渐壮大起来。南宋后期的蒙元军队则更为强大，竟然仅用20年左右的时间便横扫欧亚大陆，使全世界都为之谈"蒙"色变。南宋的军事力量尽管相对薄弱，又面对当时世界上最为强大的蒙元军队，但广大军民同仇敌忾，顽强抵抗了整整45年之久，这不能不说是世界战争史上的一个奇迹。

旷日持久的宋金战争造就了以宗泽、韩世忠、岳飞为代表的一批南宋爱国将领，特别是民族英雄岳飞率领的"岳家军"更是让金军闻风丧胆。岳飞（1103—1142），字鹏举，相州汤阴县（今河南安阳汤阴县）人，南宋抗金名将，中国历史上著名军事家、战略家、民族英雄，南宋"中兴四将"之首。他于北宋末年投军，从1128年遇宗泽起到1141年的十余年间，率领"岳家军"同金军进行了大小数百次战斗，所向披靡，"位至将相"。1140年，完颜兀术毁盟攻宋，岳飞挥师北伐，先后收复郑州、洛阳等地，又于郾城、颍昌大败金军，进军朱仙镇。宋高宗、秦桧却一意求和，以十二道"金字牌"下令退兵。岳飞在孤立无援的形势之下被迫班师。在宋金议和过程中，岳飞遭受秦桧、张俊等人的诬陷，被捕入狱。1142年1月，岳飞以"莫须有"的"谋反"罪名，与长子岳云和部将张宪同被杀害。宋孝宗时，岳飞的冤狱被平反，时人将其改葬于西湖畔栖霞岭，追谥武穆，后又追谥忠武，封鄂王。

在南宋抗击蒙元的悲壮战争中，前有孟珙、王坚等杰出爱国将领，后有文天祥、谢枋得、陆秀夫、张世杰等抗元英雄，其中，民族英雄文天祥领导的抗元斗争更是可歌可泣、彪炳史册。文天祥（1236—1283），字宋瑞，一字履善，号文山，庐陵（今江西吉安）人。南宋末年，朝廷偏安于江南，国势衰微。而崛起于北方的蒙古族于1271年结束了内部争夺皇位的自相残杀局面，建立了元朝，接着侵略矛头直指南宋。文天祥就是在这种形势下出现的抗击侵略的伟大英雄。1283年1月，文天祥在大都（今北京）柴市口英勇就义。他死后留下了大量诗文，其中如《过零丁洋》中的"人生自古谁无死，留取丹心照汗青"，其于狱中所作的《正气歌》以及死后从其衣带中发现的"衣带诏"（孔曰"成仁"，孟曰"取义"，惟其义尽，所以仁至。读圣贤书，所学何事？而今而后，庶几无愧！），都已成为光照日月、气壮山河的绝唱，成为民族精神财富的宝贵组成部分。文天祥也因此成为了永垂不朽的民族英雄。

宋代的许多政策、制度，颇具独创性，对后世的影响十分深远。在建国之初，宋朝鉴于前朝藩镇割据、皇权削弱的经验教训，通过采取"强干弱枝"政策,不断加强中央集权,并在南宋时得到了进一步强化。在中央权力制衡上,实行军政、民政、财政"三权分立",削弱宰相的权力与地位;在制约地方权力上,中央派遣知州、知县等地方官,将原节度使兼领的"支郡"收归中央直接管辖;在官僚机构设置上,实行官(官品)、职(头衔)、差遣(实权)三者分离制度;在收拢财权上,设置转运使,掌管各路财赋,将原藩镇把持的地方财权收归中央;在掌控司法权上,设置县尉一职,将方镇节度使掌握的地方司法权收归中央;在掌控军权上,实行禁军"三衙分掌",使握兵权与调兵权分离、兵与将分离,将各州军权牢牢地控制在中央手里。通过这一系列举措,北宋统治者加强了中央对政权、财权、军权等方面的全面控制。南宋继承了北宋加强中央集权的这一系列措施,为维护国家内部统一、社会稳定和经济发展提供了良好的国内环境。

在中国封建社会里,宋代的法律相对而言是非常完备的,这是因为宋代统治者把对立法工作的加强提到了一个空前的高度。早在太祖建隆四年(963),宋朝就制订了有宋一代的基本法典——《宋刑统》。以后,累朝又皆修有编敕,以作为对法律的修改和补充。收录于《玉海》卷六六及《宋史·艺文志三》中的编敕，就多达30部左右。每部编敕，少则十余卷，多的达到700余卷，"其余一司、一路、一州、一县敕，前后时有增损，不可胜纪"。自南宋孝宗淳熙年间（1174—1189）起，还创造了一种新的法规汇编。它将有关法律条文依敕、令、格、式为序，随事分门，纂成一书，名曰"条法事类"。继《淳熙条法事类》以后，宁宗、理宗两朝又分别修订了《庆元条法事类》和《淳祐条法事类》。以上法典，条款众多，内容详密，涉及了当时社会生活的各个方面，因而后世称宋代法条"细者愈细，密者愈密，摇手举足，辄有法禁"。这些法律，从宏观层面维持着整个国家机器的正常运转。宋代是中国古代法律考试制度比较完善的朝代。为了提高官吏的法律素质，宋代规定参加进士科的考生在考中进士后，除前两名可以免试法律外，"自第三人以下试法"。这就是说，宋代考中进士的绝大多数考生还要加试一门法学。王安石变法时规定，凡"选人、任子，亦试律令始出官"。可见，在宋代，只要是出任国家官吏的人员，就必须通过法律考试。而且，司法官吏试刑法考试的内容，既有律义，又有断案，即要求出任法官者不仅能详细掌握朝廷的各项律令,还需具有较强的断案能力。像宋朝统治者如此重视对官吏法律知识的考察,在中国古代社会是绝无仅有的。宋代由于统治者重视国家的法制建设,且有唐代的法治经验以资借鉴,加上宋代相对发达的商品经济为法律的发展打下了坚实基础,以及文人文化素养的提高,使宋代的法治建设达到了中国封建社会的新高度。

两宋统治集团始终崇尚文治,尊重知识分子,重用文臣,提倡教育和养士优待知识分子。与秦代"焚书坑儒"、汉代"罢黜百家"、明清"文字狱"相比,两宋时期可谓封建社会思想文化环境最为宽松的时期,客观上对经济、社会、文化发展起到了促进作用。因而有宋一代的统治者对知识分子特别是士大夫,相对比较宽容和优待,基本上做到了不杀少辱、待之以礼,并给予其一定的发言权。范仲淹的"先天下之忧而忧,后天下之乐而乐",文天祥的"臣心一片磁针石,不指南方不肯休",这类名言出现在宋代,绝非偶然。

为了吸收不同阶层的知识分子参与政权,两宋对选才用人的科举制度进行了改革,消除了隋唐以来士族门阀对科举取士的影响。两宋科举取士几乎面向社会各个阶层,再加上取士名额不断增加,在社会各阶层中形成了"学而优则仕"之风。南宋时期,取士更不受出身门第的限制,只要不是重刑罪犯,即使是工商、杂类、僧道、农民,甚至是杀猪宰牛的屠户都可以应试授官。南宋的科举登第者多数为平民,如在宝祐四年(1256)登科的601名进士中,平民出身者就占了70%。从太宗朝起,朝廷不但扩大了科举取士的规模,而且针对科举出身者的授官和升迁政策也很优渥。他们一旦以科举入仕,往往被寄之以大命,委之以重任,使官僚政治最终代替了门阀政治,在一定程度上开创了"与士大夫共治天下"的局面。

宋代也是中国历史上民族融合的重要时期。由于宋代中原政权一直受到北方少数民族政权的威胁,兵力不济,所以力求国内局势的安定,加之受到部分士大夫民族平等观和"民本"思想的影响,总的来说对境内少数民族采取了比较平等和友好的政策,从未有过汉唐那种"边庭流血成海水"的局面。

南宋时期,中国社会出现了第三次民族大融合。宋王朝虽然先后被同时代的女真、蒙古等少数民族的武力所征服,但无论是金还是蒙元,其在思想文化上，都被南宋所代表的先进文化深入影响，融入中华民族的大家庭之中。10—13世纪，中原王朝与北方游牧民族的时战时和、时分时合，使以农耕文化为代表的两宋文化迅速向北扩散、播迁，女真、蒙古等少数民族政权深受南宋先进的政治制度、社会经济和思想文化的影响，表现出对南宋文化的认同、追随、仿效与移植，自觉不自觉地接受了先进的南宋文化，使其从文字到思想、从典章制度到风俗习惯均不同程度上出现了汉化趋势。南宋文化改变了这些民族的文化构成，提高了其文化层级，加速了这些民族走向文明的进程，从而在整体上提高了中国北部地区少数民族的文化水平。

两宋王朝之所以能在外患深重的威胁下保持长治久安的局面，很大程度上得益于两宋精于内治，形成了一系列的中央集权制度和强烈的民族认同感，因此，自宋朝后，中华民族"大一统"的思想深入人心，中国历史也没有出现过严重的分裂割据局面。

爱读书
读好书
善读书

名篇

答手诏条陈十事*

■〔宋〕范仲淹

臣闻历代之政，久皆有弊。弊而不救，祸乱必生。何哉？纲纪寝隳，制度日削，恩赏不节，赋敛无度，人情惨怨，天祸暴起。惟尧、舜能通其变，使民不倦。《易》曰："穷则变，变则通，通则久。"此言天下之理有所穷塞，则思变通之道。既能变通，则成长久之业。我国家革五代之乱，富有四海，垂八十年，纲纪制度，日削月侵，官壅于下，民困于外，夷狄骄盛，寇盗横炽，不可不更张以救之。然则欲正其末，必端其本；欲清其流，必澄其源。臣敢约前代帝王之道，求今朝祖宗之烈，采其可行者条奏。愿陛下顺天下之心，力行此事，庶几法制有立，纲纪再振，则宗社灵长，天下蒙福。

---

*节选自《中国古代经济著述选读（下）》，虞祖尧编，吉林人民出版社1985年版，第134—145页。

六曰厚农桑。臣观《书》曰："德惟善政，政在养民。"此言圣人之德，惟在善政。善政之要，惟在养民；养民之政，必先务农；农政既修，则衣食足；衣食足，则爱肤体；爱肤体，则畏刑罚；畏刑罚，则寇盗自息，祸乱不兴。是圣人之德，发于善政；天下之化，起于农亩。故《诗》有《七月》之篇，陈王业也。今国家不务农桑，粟帛常贵。浙江诸路岁籴米六百万石，其所籴之价与辇运之费，每岁共用钱三百余万贯文。又贫弱之民，困于赋敛，岁伐桑枣，鬻而为薪。劝课之方，有名无实。故粟帛常贵，府库日虚。此而不谋，将何以济？

臣于天下农利之中，粗举二三以言之。且如五代群雄争霸之时，本国岁饥，则乞籴于邻国，故各兴农利，自至丰足。江南旧有圩田，每一圩方数十里，如大城。中有河渠，外有门闸。旱则开闸引江水之利，涝则闭闸拒江水之害，旱涝不及，为农美利。又浙西地卑，常苦水沴。虽有沟河，可以通海，惟时开导则潮泥不得而堙之。虽有堤塘可以御患，惟时修固，则无摧坏。臣知苏州日，点检簿书，一州之田，系出税者三万四千顷。中稔之利，每亩得米二石至三石。计出米七百余万石。东南每岁上供之数六百万石，乃一州所出。臣询访高年，则云曩时两浙未归朝廷，苏州有营田军四都，共七八千人，专为田事，导河筑堤，以减水患。于时，民间钱五十文籴白米一石。自皇朝一统，江南不稔则取之浙右，浙右不稔则取之淮南，故慢于农政，不复修举。江南圩田、浙西河塘，大半隳废，失东南之大利。今江浙之米，石不下六七百文足。至一贯文省，比于当时，其贵十倍，而民不得不困，国不得不虚矣。

又京东西路有卑湿积潦之地，早年国家特令开决之后，水患大减。今罢役数年，渐已堙塞，复将为患。臣请每岁之秋，降勅下诸路转运司，令辖下州军吏民各言农桑之间可兴之利、可去之害。或合开河渠，或筑堤堰陂塘之类，并委本州军选官计定工料，每岁于二月间兴役，半月而罢，仍具功绩闻奏。如此不绝。数年之间，农利大兴。下少饥岁，上无贵籴，则东南岁籴辇运之费大可减省。其劝课之法，宜选官讨论古制，取其简约易从之术，颁赐诸路转运使，及面赐一本，付新授知州、知县、县令等。此养民之政、富国之本也。

……………

八曰减徭役。臣闻汉光武建武六年六月诏曰："夫张官置吏，所以为人也。今户口耗少，而县官吏职，所置尚繁。令司隶州牧各实所部。"二府于是条奏并省四百余县，天下至治。臣又观西京图经，唐会昌中，河南府有户一十九万四千七百余户，置二十县。今河南府主客户七万五千九百余户，仍置一十九县。主户五万七百，客户二万五千二百。巩县七百户，偃师一千一百户，逐县三等而堪役者，不过百家，而所供役人不下二百数。新旧循环，非鳏寡孤独，不能无役。西洛之民，最为穷困。臣请依后汉故事，遣使先往西京并省诸邑为十县。其所废之邑，并改为镇，令本路举文资一员，董榷酤、关征之利兼人烟公事。所废公人，除归农外，有愿居公门者，送所存之邑。其所在邑中役人，却可减省归农，则两不失所。候西京并省稍成伦序，则行于大名府，然后遣使诸道，依此施行。仍先指挥诸道防团州已下，有使、州两院者，皆为一院，公人愿去者，各放归农。职官厅可给本城兵士七人至十人，替人力归农。其乡村耆保地里近者，亦令并合。能并一耆保管，亦减役十余户。但少徭役，人自耕作，可期富庶。

【作者简介】

范仲淹(989—1052),北宋时期杰出的政治家、文学家。范仲淹在地方治政、守边皆有成绩。其文学成就突出。他倡导的"先天下之忧而忧,后天下之乐而乐"思想和仁人志士节操,对后世影响深远。有《范文正公文集》传世。

【内容简介】

宋仁宗庆历三年(1043)四月,范仲淹升任枢密副使,不久,又授参知政事。他与同时升任枢密副使的韩琦、富弼等人深为朝廷所器重,皇帝亲赐手诏让范仲淹、富弼陈奏当世之急务,于是他作此疏,条陈十事。

文中指出:"历代之政,久皆有弊,弊而不救,祸乱必生。"而当前之弊,就是"纲纪制度日削月侵,官壅于下,民困于外,夷狄骄盛,寇盗横炽"。因此,必须"更张以救之"。他所论及的十事是:一曰明黜陟,二曰抑侥幸,三曰精贡举,四曰择官长,五曰均公田,六曰厚农桑,七曰修武备,八曰减徭役,九曰覃恩信,十曰重命令。

节选部分，着重叙述了范仲淹重视农业和减轻徭役的主张。他指出："圣人之德发于善政，天下之化起于农亩。"只有发展农业，才能丰衣足食，以致寇盗自息，祸乱不兴。他提出应视农事的空闲时期，开凿河渠，修筑堤堰陂塘，兴修水利，以发展农业生产。主张裁并州县建置，合并乡村的基层行政组织，以减少差役，从而减轻人民的徭役负担，并增加从事农业的劳动力。

名篇

■ 答手诏条陈十事

原　弊[*]

■〔宋〕欧阳修

　　夫三代之为国，公卿士庶之禄廪，兵甲车牛之材用，山川宗庙鬼神之供给，未尝阙也，是皆出于农。而民之所耕不过今九州之地也，岁之凶荒，亦时时而有，与今无以异。今固尽有向时之地，而制度无过于三代者；昔者用常有余，而今常不足，何也？其为术相反而然也。昔者知务农又知节用，今以不勤之农，赡无节之用故也。非徒不勤农，又为众弊以耗之；非徒不量民力以为节，又直不量天力之所任也。

　　何谓众弊？有诱民之弊，有兼并之弊，有力役之弊。请详言之：今坐华屋享美食而无事者，曰浮图之民；仰衣食而养妻子者，曰兵戎之民。此在三代时，南亩之民也。今之议者以浮图并周孔之事曰三教，

　　[*] 选自陈新、杜维沫选注：《欧阳修选集》，上海古籍出版社2016年版，第262—273页。原文有删减，编者注。

不可以去；兵戎曰国备，不可以去。浮图不可并周孔，不言而易知，请试言兵戎之事。国家自景德罢兵，三十三岁矣。兵尝经用者，老死今尽，而后来者未尝闻金鼓、识战阵也。生于无事而饱于衣食也，其势不得不骄惰。今卫兵入宿，不自持被而使人持之；禁兵给粮，不自荷而雇人荷之。其骄如此，况肯冒辛苦以战斗乎！前日西边之吏，如高化军、齐宗举两用兵而辄败，此其效也。夫就使兵耐辛苦而能斗战，惟耗农民，为之可也；奈何有为兵之虚名，而其实骄惰无用之人也。

　　古之凡民长大壮健者皆在南亩，农隙则教之以战。今乃大异，一遇凶岁，则州郡吏以尺度量民之长大而试其壮健者，招之去为禁兵；其次不及尺度而稍怯弱者，籍之以为厢兵。吏招人多者有赏，而民方穷时争投之。故一经凶荒，则所留在南亩者惟老弱也。而吏方曰：不收为兵，则恐为盗。噫！苟知一时之不为盗，而不知其终身骄惰而窃食也。古之长大壮健者任耕，而老弱者游惰；今之长大壮健者游惰，而老弱者留耕也。何相反之甚邪！然民尽力乎南亩者，或不免乎狗彘之食，而一去为僧、兵，则终身安佚而享丰腴，则南亩之民不得不日减也。故曰有诱民之

名篇

■

原弊

弊者，谓此也。其耗之一端也。

古者计口而受田，家给而人足。井田既坏，而兼并乃兴。今大率一户之田及百顷者，养客数十家，其间用主牛而出己力者，用己牛而事主田以分利者，不过十余户；其余皆出产租而侨居者曰浮客，而有畬田。夫此数十家者，素非富而畜积之家也，其春秋神社婚姻死葬之具，又不幸遇凶荒与公家之事，当其乏时，尝举债于主人而后偿之，息不两倍则三倍。及其成也，出种与税而后分之，偿三倍之息，尽其所得，或不能足。其场功朝毕而暮乏食，则又举之。故冬春举食则指麦于夏而偿，麦偿尽矣，夏秋则指禾于冬而偿也。似此数十家者，常食三倍之物，而一户常尽取百顷之利也。夫主百顷而出税赋者一户，尽力而输一户者数十家也；就使国家有宽征薄赋之恩，是徒益一家之幸，而数十家者困苦常自如也。故曰有兼并之弊者，谓此也。此亦耗之一端也。

民有幸而不役于人，能有田而自耕者，下自二顷至一顷，皆以等书于籍。而公役之多者为大役，少者为小役，至不胜，则贱卖其田或逃而去。故曰有力役之弊者，谓此也。此亦耗之一端也。

夫此三弊，是其大端。又有奇邪之民，去为浮巧之工；与夫兼并商贾之人，为僭侈之费；又有贪吏之诛求，赋敛之无名，其弊不可以尽举也。既不劝之使勤，又为众弊以耗之。大抵天下中民之士富且贵者，化粗粝为精善，是一人常食五人之食也。为兵者养父母妻子，而计其馈运之费，是一兵常食五农之食也。为僧者养子弟而自丰食，是一僧常食五农之食也。贫民举倍息而食者，是一人常食二人三人之食也。天下几何其不乏也！

【作者简介】

欧阳修（1007—1072），北宋政治家、文学家，宋代文学史上最早开创一代文风的文坛领袖，领导了北宋诗文革新运动，继承并发展了韩愈的古文理论。欧阳修在变革文风的同时，也对诗风、词风进行了革新。在史学方面，也有较高成就，他曾主修《新唐书》，并独撰《新五代史》。

【内容简介】

本篇当作于景祐三年（1036）作者贬谪夷陵前。《原弊》的"原"，是推究事物本源之意，《吕氏春秋》有《原道》，《淮南子》有《原乱》，韩愈亦有《原道》《原

名篇

原弊

性》《原毁》等作，欧阳修著《原弊》，目的在于分析宋朝积贫积弱的原因。

这篇文章就农本思想立论，并无新颖的见解；所谓"诱民之弊""兼并之弊""力役之弊"，其内容亦不及后来庆历二年（1042）作的《准诏言事上书》所举的"三弊五事"全面深刻。但文章以真实恳挚的笔触，写出了政府财政入不敷出，军政的腐败，统治者奢侈靡费和剥削的残酷，人民生活的苦难，见出作者对民生问题确有深入的了解。在与欧阳修同时人的著作中，这样切实的文章是仅见的。因此本文可以视为后来由范仲淹等主持而欧阳修积极参与的"庆历新政"的舆论准备。

本朝百年无事札子*

■〔宋〕王安石

伏惟太祖躬上智独见之明，而周知人物之情伪，指挥付托，必尽其材；变置施设，必当其务。故能驾驭将帅，训齐士卒，外以捍夷狄，内以平中国。于是除苛赋，止虐刑，废强横之藩镇，诛贪残之官吏，躬以简俭为天下先，其于出政发令之间，一以安利元元为事。太宗承之以聪武，真宗守之以谦仁，以至仁宗、英宗，无有逸德。此所以享国百年，而天下无事也。

仁宗在位，历年最久。臣于时实备从官，施为本末，臣所亲见。尝试为陛下陈其一二，而陛下详择其可，亦足以申鉴于方今。伏惟仁宗之为君也，仰畏天，俯畏人，宽仁恭俭，出于自然，而忠恕诚悫，终始如

＊节选自高克勤选注：《王安石诗词文选注》，上海远东出版社2013年版，第148—155页。

一。未尝妄兴一役，未尝妄杀一人；断狱务在生之，而特恶吏之残扰；宁屈己弃财于夷狄，而终不忍加兵；刑平而公，赏重而信；纳用谏官御史，公听并观，而不蔽于偏至之谗；因任众人耳目，拔举疏远，而随之以相坐之法。盖监司之吏以至州县，无敢暴虐残酷，擅有调发以伤百姓；自夏人顺服，蛮夷遂无大变，边人父子夫妇得免于兵死，而中国之人，安逸蕃息，以至今日者，未尝妄兴一役，未尝妄杀一人，断狱务在生之，而特恶吏之残扰，宁屈己弃财于夷狄，而不忍加兵之效也。大臣贵戚，左右近习，莫敢强横犯法，其自重慎，或甚于闾巷之人，此刑平而公之效也。募天下骁雄横猾以为兵，几至百万，非有良将以御之，而谋变者辄败；聚天下财物，虽有文籍，委之府史，非有能吏以钩考，而断盗者辄发；凶年饿岁，流者填道，死者相枕，而寇攘者辄得。此赏重而信之效也。大臣贵戚，左右近习，莫能大擅威福，广私货赂，一有奸慝，随辄上闻；贪邪横猾，虽间或见用，未尝得久，此纳用谏官御史，公听并观，而不蔽于偏至之谗之效也。自县令京官以至监司台阁，升擢之任，虽不皆得人，然一时之所谓才士，亦罕蔽塞而不见收举者，此因任众人之耳目，拔举疏远，而随之以相坐之法之效也。升迁之日，天下号恸，如丧考妣，此宽仁恭俭，出于自然，忠恕诚悫，终始如一之效也。

然本朝累世因循末俗之弊，而无亲友群臣之议。人君朝夕与处，不过宦官女子；出而视事，又不过有司之细故。未尝如古大有为之君，与学士大夫讨论先王之法，以措之天下也。一切因任自然之理势，而精神之运，有所不加；名实之间，有所不察。君子非不见贵，然小人亦得厕其间；正论非不见容，然邪说亦有时而用；以诗赋记诵求天下之士，而无学校养成之法；以科名资历叙朝廷之位，而无官司课试之方；监司无检察之人，守将非选择之吏；转徙之亟，既难于考绩，而游谈之众，因得以乱真；交私养望者，多得显官；独立营职者，或见排沮。故上下偷惰取容而已，虽有能者在职，亦无以异于庸人。农民坏于徭役，而未尝特见救恤，又不为之设官，以修其水土之利。兵士杂于疲老，而未尝申敕训练，又不为之择将，而久其疆场之权。宿卫则聚卒伍无赖之人，而未有以变五代姑息羁縻之俗。宗室则无教训选举之实，而未有以合先王亲疏隆杀之宜。其于理财，大抵无法，故虽俭约而民不富，虽忧勤而国不强。赖非夷狄昌炽之时，又无尧、汤水旱之变，故天下无事，

名篇

本朝百年无事札子

过于百年。虽曰人事,亦天助也。盖累圣相继,仰畏天,俯畏人,宽仁恭俭,忠恕诚悫,此其所以获天助也。

【作者简介】

王安石(1021—1086),北宋时期政治家、文学家、思想家、改革家。他潜心研究经学,创"荆公新学",促进宋代疑经变古学风的形成。在哲学上,他用"五行说"阐述宇宙生成,丰富和发展了中国古代朴素唯物主义思想;其哲学命题"新故相除",把中国古代辩证法推到一个新的高度。在文学上,其散文简洁峻切,短小精悍,论点鲜明,逻辑严密;其诗"学杜得其瘦硬",擅长于说理与修辞;其词写物咏怀吊古,意境空阔苍茫,形象淡远纯朴。

【内容简介】

本文作于熙宁元年(1068),是王安石从当时北宋王朝积弱积贫的实际出发,为宋神宗总结历史经验、阐明变法主张的一篇精心之作。

本文可以分为两个部分。在前一部分中,作者叙述并解释了从宋太祖至宋英宗这百余年间国内太平无事的情况和原因。作者首先回顾北宋立国以来的历史，赞颂宋太祖统一天下和改革弊政的业绩，暗示宋神宗应该继承这些传统，才能有所作为。接着，作者全面剖析了宋仁宗在位时政治措施的得失。他在"无事"题下谈"有事"，既顾全了先王的体面，又不违反自己的本意，褒中有贬，为后半部分揭露社会积弊埋下了伏笔，也为后半部分揭露的社会积弊找出了历史渊源。从而，使全文前后衔接，自然地转入后一部分。

在后一部分中，作者尖锐地揭示了当时在太平景象掩盖下的危机四伏的社会情况，诸如官僚机构的臃肿瘫痪、军队的软弱无力、财政的空虚困难，以及农民的贫困痛苦等，从而说明了变法改革的必要性和迫切性。这是全文的重心。本文表现了王安石对现实政治的敏锐的观察和清醒的认识；同时表明他的主张变法，只是在封建制度内部对某些环节作些改革和调整，进而达到巩固赵宋王朝统治的目的。对于第二年开始的变法运动来说，本文无疑是一支前奏曲。

教战守*

■〔宋〕苏　轼

　　且夫天下固有意外之患也。愚者见四方之无事,则以为变故无自而有,此亦不然矣。今国家所以奉西北之虏者,岁以百万计。奉之者有限,而求之者无厌,此其势必至于战。战者,必然之势也。不先于我,则先于彼;不出于西,则出于北。所不可知者,有迟速远近,而要以不能免也。天下苟不免于用兵,而用之不以渐,使民于安乐无事之中,一旦出身而蹈死地,则其为患必有不测,故曰:天下之民,知安而不知危,能逸而不能劳,此臣所谓大患也。

　　臣欲使士大夫尊尚武勇,讲习兵法;庶人之在官者,教以行阵之节;役民之司盗者,授以击刺之术。每岁终则聚于郡府,如古都试之法,有胜负,有

　　*节选自刘乃昌选注:《苏轼选集》,齐鲁书社1980年版,第202—205页。

赏罚。而行之既久，则又以军法从事。然议者必以为无故而动民，又挠以军法，则民将不安，而臣以为此所以安民也。天下果未能去兵，则其一旦将以不教之民而驱之战。夫无故而动民，虽有小恐，然孰与夫一旦之危哉？

今天下屯聚之兵，骄豪而多怨，陵压百姓而邀其上者，何故？此其心以为天下之知战者，惟我而已。如使平民皆习于兵，彼知有所敌，则固以破其奸谋，而折其骄气。利害之际，岂不亦甚明欤？

【作者简介】

苏轼（1037—1101），北宋文学家、书法家、美食家、画家，北宋中期文坛领袖，在诗、词、散文、书、画等方面取得很高成就。文纵横恣肆；诗题材广阔，清新豪健，善用夸张比喻，独具风格，与黄庭坚并称"苏黄"；词开豪放一派，与辛弃疾同是豪放派代表，并称"苏辛"；散文著述宏富，豪放自如，与欧阳修并称"欧苏"，为"唐宋八大家"之一。苏轼善书，"宋四家"之一；擅长文人画，尤擅墨竹、怪石、枯木等。

名篇 教战守

【内容简介】

《教战守》是《策别》中讨论有关"安万民"问题的第五篇。北宋中叶以后辽和西夏成为宋朝西北边境的严重威胁，随时可能发动武装侵扰。苏轼分析了当时的形势，清醒地预见到战争的不可避免，明确指出"知安而不知危"是当时的最大危险。他建议朝廷要改变萎靡不振的局面，使百姓"尊尚勇武，讲习兵法"，学会战守，以便应付突然爆发的战争。文中提出人们要居安知危、能逸能劳，对身体也不能"养之太过"，这都是很有见地的。

文章劈头提出论题，然后引证史事，运用比喻，分析形势，反复论证居安忘危的严重危险，最后提出教民战守的正面主张，逻辑严密，说理透辟，是一篇现实性、针对性较强的政论文。

六国论*

■〔宋〕苏　辙

　　夫秦之所与诸侯争天下者，不在齐、楚、燕、赵也，而在韩、魏之郊；诸侯之所与秦争天下者，不在齐、楚、燕、赵也，而在韩、魏之野。秦之有韩、魏，譬如人之有腹心之疾也。韩、魏塞秦之冲，而蔽山东之诸侯，故夫天下之所重者，莫如韩、魏也。

　　昔者范雎用于秦而收韩，商鞅用于秦而收魏。昭王未得韩、魏之心，而出兵以攻齐之刚、寿，而范雎以为忧。然则秦之所忌者可见矣。秦之用兵于燕、赵，秦之危事也。越韩过魏，而攻人之国都，燕、赵拒之于前，而韩、魏乘之于后，此危道也。而秦之攻燕、赵，未尝有韩、魏之忧，则韩、魏之附秦故也。夫韩、魏，诸侯之障，而使秦人得出入于其间，此岂知天下

＊节选自李凭编著：《中国历史文论选读》，浙江文艺出版社2018年版，第51—55页。

之势邪！委区区之韩、魏，以当虎狼之秦，彼安得不折而入于秦哉？韩、魏折而入于秦，然后秦人得通其兵于东诸侯，而使天下遍受其祸。

夫韩、魏不能独当秦，而天下之诸侯藉之以蔽其西，故莫如厚韩亲魏以摈秦。秦人不敢逾韩、魏以窥齐、楚、燕、赵之国，而齐、楚、燕、赵之国因得以自完于其间矣。以四无事之国，佐当寇之韩、魏，使韩、魏无东顾之忧，而为天下出身以当秦兵。以二国委秦，而四国休息于内以阴助其急。若此可以应夫无穷，彼秦者将何为哉？不知出此而乃贪疆场尺寸之利，背盟败约，以自相屠灭。秦兵未出，而天下诸侯已自困矣。至于秦人得伺其隙，以取其国，可不悲哉？

【作者简介】

苏辙，字子由，北宋眉州眉山（今四川眉山）人，生于宋仁宗宝元二年（1039）。他与兄苏轼同榜中进士，两人政治生涯也雷同，均起伏不定。王安石当政时，苏辙反对新法，后因苏轼被人诬告下狱而受牵累被贬职。旧派司马光执政时，苏辙被起用为尚书右丞、门下侍郎。新派复起，他又被降职外放。苏辙晚年告老辞官，后居于颍川（今河南许昌），因此自号颍滨遗老。在文坛上，他与父苏洵、兄苏轼号为"三苏"，同列"唐宋八大家"中，著有《栾城集》。

【内容简介】

本文辑于《栾城集·进论》中，为苏辙的应试习作。为了吸引当政者的注意，苏辙在思维明快和语句紧凑上下足了功夫，因此这篇文章议论纵横而又始终围绕中心，颇具辩说能量。然而，苏辙的思虑虽然周到，战国的具体情况却更加复杂多变。这篇文章从正反两个方面论述韩、魏两国的向背在秦与六国之争中的关键作用，从而指出齐、楚、燕、赵应当合力支持韩、魏两国，使之成为抗拒秦国的坚强壁垒，以此保全六国的整体利益。这样的想法看似合理，其实不切实际。东方六国各受自身政治、经济利益的驱使，即或有一二高明策士使它们暂时联合，但能维持多久？何况，统一大势受到政治、经济和军事诸种合力的驱动，秦并天下顺乎历史趋势，六国之败不可避免。仅凭理想化的推测难以探究到历史的真谛。古人的认识具有局限性，不可全信。

不过，苏辙讨论六国成败的问题具有借古讽今

名篇　六国论

的意义。宋太祖顾虑再次出现唐末藩镇割据的状况，采取虚外实内的军事部署，片面地将重兵劲旅驻守于京师和通衢，致使边境布防空虚；而且还将节度使的调兵之权收归朝廷，军事行动均由皇帝遥控，结果宋代的对外战争一败再败。苏辙对朝廷的边备策略十分不满，因此在《六国论》中突出强调韩、魏两国在军事战略上的屏障地位。他特意指出失去韩、魏是六国破亡的主要原因，正在于影射朝廷军事部署的失策。假借论证历史事件和历史人物，达到借古喻今和借古讽今的目的，这是古人文章中常用的方法。

议国是*

▇〔宋〕李　纲

臣窃以和、战、守,三者一理也。虽有高城深池弗能守也,则何以战?虽有坚甲利兵弗能战也,则何以和?以守则固,以战则胜,然后其和可保。不务战、守之计,唯信讲和之说,则国势益卑,制命于敌,无以自立矣。

景德中,契丹入寇,罢远幸之谋,决亲征之策,捐金币三十万而和约成,百有余年,两国生灵,皆赖其利,则和、战、守,三者皆得也。靖康之春,粗得守策,而割三镇之地,许不可胜计之金币以议和,惩劫寨之小衄而不战,和与战两失之。其冬,金人再寇畿甸,廷臣以春初固守为然。而不知时事之异,胶柱鼓瑟,初无变通之谋:内之不能抚循士卒,以死捍贼;

---

　　* 选自王根林编著:《南宋散文》,上海书店出版社2000年版,第11—16页。

外之不能通达号令，以督援师。金人既登城矣，犹降和议已定之诏，以款四方勤王之师，使虏得逞其欲。凡都城玉帛子女，重宝图籍，仪卫辇辂，百工技艺，悉索取之，次第遣行。及其终也，劫质二圣，巡幸沙漠，东宫、亲王、六宫、戚属、宗室之家，尽驱以行，因逼臣僚易姓建号。自古夷狄之祸中国，未有若此之甚者！是靖康之冬，并守策失之，而卒为和议之所误也。

天佑有宋，必将有主，故使陛下脱身危城之中，总师大河之外，入继大统，以有神器。然以今日国势揆之靖康之初，其不相若远甚。则朝廷所以捍患御侮，敉宁万邦者，于和、战、守当何所从而可也。

臣愚虽不足以知朝廷国论大体，然窃恐犹以和议为然也。何哉？二圣播迁，陛下父兄沈于虏廷，议者必以谓非和则将速二圣之患，而亏陛下孝友之德，故不得不和。臣窃以为不然。夫为天下者不顾其亲，顾其亲而忘天下之大计者，此匹夫之孝友也。昔汉高祖与项羽战于荥阳、成皋间，太公为羽军所得，其危屡矣。高祖不顾，其战弥励。羽不敢害，而卒归太公。然则不顾而战者，乃所以归太公之术也。晋惠公为秦所执，吕、郤谋立子圉，以靖国人，其言曰：

"失君有君，群臣辑睦，甲兵益多，好我者劝，恶我者惧，庶有益乎！"秦不敢害，而卒归惠公。然则不恤敌国而自治者，乃所以归惠公之术也。今有贼盗于此，劫质主人，以兵威临之，则必不敢加害；以卑辞求之，则所索弥多，往往有不可测之理。何则？彼为利谋，陵懦畏强，而初无恻隐之心故也。

　　今二圣之在虏廷，莫知安否之审，固臣子之所不忍言；然吾不能逆折其意，又将堕其计中。以和议为信然，彼必曰割某地以遗我，得金币若干则可；不然，二圣之祸，且将不测。不予之，是陛下之忘父兄也；予之，则所求无厌。虽日割天下之山河，竭取天下之财用，山河财用有尽，而金人之欲无穷，少有衅端，前所与者，其功尽废，遂当拱手以听命而已。昔金人与契丹二十余战，战必割地厚赂以讲和；既和，则又求衅以战，卒灭契丹。今又以和议惑中国，至于破都城，灭宗社，易姓建号，其不道如此。而朝廷犹以和议为然，是将以天下界之敌国而后已！臣愚窃以为过矣。

　　为今之计，莫若一切罢和议，专务自守之策，而战、议则姑俟于可为之时。何哉？彼既背盟而劫质，地不可复予；惟以二圣在其国中，不忍加兵，俟其入

名篇

■议国是

寇,则多方以御之;所破城邑,徐议收复。建藩镇于河北、河东之地,置帅府要郡于沿河、江淮之南,治城壁,修器械,教水军,习车战,凡捍御之术,种种具备,使进无抄掠之得,退有邀击之患,则虽时有出没,必不敢深入而凭陵。三数年间,生养休息,军政益修,士气渐振,将帅得人,车甲备具,然后可议大举,振天声以讨之,以报不共戴天之仇,以雪振古所无之耻。彼知中国能自强如此,岂徒不敢肆凶,而二圣保万寿之休,亦将悔祸率从,而銮舆有可还之理。倘舍此策,益割要害之地,奉金币以予之,是倒持太阿,以其柄授人,藉寇兵而资盗粮也。前日既信其诈谋以破国矣,今又欲蹈覆车之辙以破天下,岂不重可痛哉!

　　或谓强弱有常势,弱者不可不服于强。昔越王勾践卑身重赂以事吴,而后卒报其耻。今中国事势弱矣,盍以勾践为法,卑身重赂以事之,庶几可以免一时之祸,而成将来之志乎?臣以为不然。夫吴伐越,勾践以甲盾三百栖于会稽,遣使以行成,而吴许之。当是时,吴无灭越之志,故勾践得以卑身厚赂以成其谋,枕戈尝胆以励其志,而卒报吴。今金人之于国家何如哉?上自二圣、东宫,下逮宗室之系于属籍者,悉驱之以行;而陛下之在河北,遣使降伪诏,以宣召求之,如是其急也,岂复有恩于赵氏?虽卑身至于奉藩称臣,厚赂至于竭天下之财以予之,彼亦未足为德也,必至于混一区宇而后已。然则今日之事,法勾践尝胆枕戈之志则可,法勾践卑身厚赂之谋则不可。事固有似是而非者,正谓此也。

然则今日为朝廷计,正当岁时遣使以问二圣之起居,极所以崇奉之者。至于金国,我不加兵,而待其来寇,则严守御以备之。练兵选将,一新军律。俟我国势既强,然后可以兴师邀请。有此武功,以俟将来,此最今日之上策也。

古语有之曰:愿与诸君共定国是。夫国是定,然后设施注措,以次推行。上有素定之谋,下无趋向之惑,天下之事不难举也。靖康之间,惟其国是不定,而且和且战,议论纷然,致有今日之祸。则今日之所当监者,不在靖康乎?臣故陈守、战、和三说以献。伏愿陛下断自渊衷,以天下为度,而定国是,则中兴之功可期矣!取进止。

【作者简介】

李纲(1083—1140),两宋之际抗金名臣、民族英雄,是两宋之交政坛上的一个非常重要而活跃的人物。其政治思想及活动,具有很鲜明的个性。他是个"铁杆"抗战派,任凭风云变幻,形势险恶,都不改初衷,坚决反对妥协投降。他具有百折不挠的斗争精神,其宦海沉浮,升迁贬黜,忽上忽下,不知凡几。而他从不悲观消沉,始终如一坚持斗争,成为朝廷抗战派的中流砥柱。李纲能诗文,写有不少爱国篇章;亦能词,其咏史之作,形象鲜明生动,风格沉雄劲健。

【内容简介】

这篇奏章写于建炎元年(1127)六月。这年五月,高宗在南京(今河南商丘)仓促继位,是为南宋政权建立之始。高宗面对被金军铁蹄践踏的残破山河,于六月把李纲从外地召来南京,授职宰相。李纲当即连续向高宗上了十篇奏章,这篇《议国是》是其第一篇,可视为这十篇奏章的总纲。

奏章围绕和、战、守三者的关系展开议论,其主旨是"一切罢和议,专务自守之策",而痛斥"不务战、守之计,唯信讲和之说"的投降派谬论。对处于交战状态的国家来说,战(即进攻)和守(即防守)是两种对立统一的主要斗争手段，而议和只不过是战或守的一种延伸和补充，是不能作为朝廷的基本国策的。但是主和派（其实是投降派）却"唯信讲和"，把它当作唯一的对策和方针，这种拱手让出战争主动权的做法，无异于自缚手脚，任人宰割。

李纲这篇文章专题批驳这种谬论，抓住了问题的实质和要害。作者在阐述自己观点时，既有理论分析，又有事实佐证。事实举例中，既有正面的经验，又有反面的教训；既有对历史事件的总结，又有对现实形势的论述。全文反复陈说，层层剖析，观点鲜明，深中肯綮。在论述中，李纲重点阐发了"斗争则生，退让则亡"的战略思想。即使是与敌人订立和议，也要先经过针锋相对的斗争，就像景德年间宋真宗御驾亲征后与契丹签订"澶渊之盟"那样。对于敌人的威胁，更不能一味迁就，如楚汉相争时，刘邦不顾项羽要杀太公的要挟，反而加强攻势，结果不但取得军事上的胜利，而且又使太公得以安全返回。在批判主和派借仿效越王勾践卑身重赂吴王以待时机的历史以售其奸时，李纲说："然则今日之事，法勾践尝胆枕戈之志则可，法勾践卑身厚赂之谋则不可！"这种把立足点放在加强自己实力之上的战略思想,就是对我们今天进行政治、军事、外交斗争,也是很有启发的。

但是,作者的这些正确思想和策略,并没有打动和说服高宗。相反,在李纲任宰相的75天以后,就被高宗罢相撤职。原来高宗与历史上所有的皇帝一样,都是极端自私的利己主义者,首先考虑的是保全自己的"千金之躯"和保住皇帝宝座。既然求和可以获得眼前的太平,那么,丧权辱国也罢,奴颜婢膝也罢,都是可以不计较的,为什么要动刀动枪冒那个险呢?再说,如果战事取得进展,徽、钦二帝回来的话,自己的皇帝宝座是否坐得住还是个问题呢。这正是整个南宋小朝廷主和派总是占上风的根本原因,直至陆秀夫负幼帝投海宣告南宋正式覆亡,才算了结。这是李纲个人的悲剧。也是那个时代的悲剧。

满江红*

■〔宋〕岳　飞

怒发冲冠，凭栏处、潇潇雨歇。抬望眼，仰天长啸，壮怀激烈。三十功名尘与土，八千里路云和月。莫等闲，白了少年头，空悲切。

靖康耻，犹未雪。臣子恨，何时灭？驾长车，踏破贺兰山缺。壮志饥餐胡虏肉，笑谈渴饮匈奴血。待从头、收拾旧山河，朝天阙。

【作者简介】

岳飞（1103—1141），字鹏举，相州汤阴（今河南汤阴县）人，南宋抗金名将。所率"岳家军"军纪严明，英勇善战，屡败金兵。其力主抗金，反对议和，终遭秦桧、张俊等人诬陷，被捕入狱，以"莫须有"罪名遇害。

＊选自唐圭璋、钟振振主编：《宋词鉴赏辞典》，商务印书馆2011年版，第761—762页。

其词慷慨悲壮,充满了爱国情怀。有《岳武穆遗文》。

【内容简介】

这是一首气吞山河的传世之作,抒发了词人抗金救国的雄心壮志和慷慨豪迈的英雄气概。

上阕写自己渴望建功立业的凌云壮志。起首五句劈空而来,通过刻画作者凭栏远眺、怒发冲冠、仰天长啸的情态,揭示了词人面对山河失色、生灵涂炭所引发的激荡情怀。"三十功名尘与土,八千里路云和月"以超越时空的笔法,展现了一位披星戴月、转战南北的爱国将帅的形象。"莫等闲"等句既是激励自己,也是鞭策部下,不要虚度光阴,应倍加勤勉,早日实现光复大业。

下阕抒写作者重整山河的决心和精忠报国的忠贞。"靖康耻"四句,短促铿锵,力透纸背。这种以天下为己任的崇高胸怀,令人钦敬。"驾长车"句表达自己要踏破重重险阻、直捣黄龙的战斗使命。"壮志饥餐胡虏肉,笑谈渴饮匈奴血"是以牙还牙、以血还血式的愤激之语,表达了作者对不共戴天之敌的切齿痛恨。结尾的"待从头"句慷慨明誓,丹心碧血,表现了词人报效朝廷的赤胆忠心。

书 愤*

■〔宋〕陆 游

早岁那知世事艰？　中原北望气如山。
楼船夜雪瓜洲渡，　铁马秋风大散关。
塞上长城空自许，　镜中衰鬓已先斑。
《出师》一表真名世，千载谁堪伯仲间？

【作者简介】

陆游（1125—1210），宋代爱国诗人、词人，工诗、词、文，长于史学，与尤袤、杨万里、范成大并称"南宋四大家"。其诗今存9000余首，清新圆润，格力恢宏，有《剑南诗稿》《渭南文集》《南唐书》《老学庵笔记》《放翁词》《渭南词》。

＊选自上海辞书出版社文学鉴赏辞典编纂中心编著：《陆游诗文鉴赏辞典》，上海辞书出版社2013年版，第160—161页。

【内容简介】

此诗作于淳熙十三年（1186）春，这时陆游退居于山阴家中，已是62岁的老人。从淳熙七年起，他罢官已六年，挂着一个空衔在故乡蛰居。直到作此诗时，才以朝奉大夫、权知严州军州事起用。因此，诗的内容兼有追怀往事和重新立誓报国的两重感情。

诗的前四句是回顾往事。"早岁"句指隆兴元年（1163）他39岁在镇江府任通判和乾道八年（1172）他48岁在南郑任王炎幕僚事。当时他亲临抗金战争的第一线，北望中原，收复故土的豪情壮志，坚定如山。以下两句分叙两次值得纪念的经历：隆兴元年，主张抗金的张浚以右丞相都督江淮诸路军马，楼船横江，往来于建康（今南京）、镇江之间，军容甚壮。诗人满怀着收复故土的胜利希望，"气如山"三字描写出他当年的激奋心情。但不久，张浚军在符离（今安徽宿州）大败，狼狈南撤，次年被罢免。诗人的愿望成了泡影。追忆往事，怎不令人叹惋！另一次使诗人不胜感慨的是乾道八年事。王炎当时以枢密使出任四川宣抚使，积极擘画进兵关中恢复中原的军事部署。陆游在军中时，曾有一次在夜间骑马过渭水，后来追忆此事，写下了"念昔少年时，从戎何壮哉！独骑洮河马，涉渭夜衔枚"的诗句。他曾几次亲临大散关前线，后来也有"我曾从戎清渭侧，散关嵯峨下临贼。铁衣上马蹴坚冰，有时三日不火食"的诗句，追写这段战斗生活。当时北望中原，也是浩气如山的。但是这年九月，王炎被调回临安，他的宣抚使府中幕僚也随之星散，北征又一次成了泡影。"楼船夜雪瓜洲渡，铁马秋风大散关"，这14个字中包含着多么丰富的愤激和辛酸的感情啊！

　　岁月不居，壮岁已逝，志未酬而鬓先斑，这在赤心为国的诗人是日夜为之痛心疾首的。陆游不但是诗人，他还是以战略家自负的。可惜毕生未能一展长材。"切勿轻书生，上马能击贼"；"平生万里心，执戈王前驱"是他念念不忘的心愿。自许为"塞上长城"，是他毕生的抱负。"塞上长城"，典出《南史·檀道济传》，南朝宋文帝杀大将檀道济，檀在临死前投帻怒叱："乃坏汝万里长城！"陆游虽然没有如檀道济的被冤杀，但因主张抗金，多年被贬，"长城"只能是空自期许。这种怅惘和一般文士的怀才不遇之感是大有区别的。

名篇　书愤

　　但老骥伏枥，陆游的壮心不死，他仍渴望效法诸葛亮的"鞠躬尽瘁"，干一番与伊、吕相伯仲的报国大业。这种志愿至老不移，直至开禧二年（1206）他已是82岁的高龄时，当韩侂胄起兵抗金，"耄年肝胆尚轮囷"，他还跃跃欲试。

　　《书愤》是陆游的七律名篇之一。全诗感情沉郁，气韵浑厚，显然得力于杜甫。中两联属对工稳，尤以颔联"楼船""铁马"两句，雄放豪迈，为人们广泛传诵。这样的诗句出自他亲身的经历，饱含着他的政治生活感受，是那些逞才擿藻的作品所无法比拟的。

中兴论*

■〔宋〕陈　亮

　　臣窃惟海内涂炭，四十余载矣。赤子嗷嗷无告，不可以不拯；国家凭陵之耻，不可以不雪，陵寝不可以不还，舆地不可以不复。此三尺童子之所共知，曩独畏其强耳。韩信有言："能反其道，其强易弱。"况今虏酋庸懦，政令日弛，舍戎狄鞍马之长，而从事中州浮靡之习，君臣之间，日趋怠惰。自古夷狄之强，未有四五十年而无变者。稽之天时，揆之人事，当不远矣。不于此时早为之图，纵有他变，何以乘之？万一虏人惩创，更立令主；不然，豪杰并起，业归他姓，则南北之患方始。又况南渡已久，中原父老，日以殂谢，生长于戎，岂知有我？

　　昔宋文帝欲取河南故地，魏太武以为"我自生

　　*节选自王根林编著：《南宋散文》，上海书店出版社2000年版，第60—67页。

发未燥，即知河南是我境土，安得为南朝故地"，故文帝既得而复失之。河北诸镇，终唐之世，以奉贼为忠义，狃于其习，而时被其恩，力与上国为敌，而不自知其为逆。过此以往而不能恢复，则中原之民乌知我之为谁？纵有倍力，功未必半。以俚俗论之，父祖质产于人，子孙不能继赎，更数十年，时事一变，皆自陈于官，认为故产，吾安得言质而复取之！则今日之事，可得而更缓乎！

今宜清中书之务以立大计，重六卿之权以总大纲；任贤使能以清官曹，尊老慈幼以厚风俗；减进士以列选能之科，革任子以崇荐举之实；多置台谏以肃朝纲，精择监司以清郡邑；简法重令以澄其源，崇礼立制以齐其习。立纲目以节浮费，示先务以斥虚文；严政条以覈名实，惩吏奸以明赏罚。时简外郡之卒，以充禁旅之数；调度总司之赢，以佐军旅之储。择守令以滋户口，户口繁则财自阜；拣将佐以立军政，军政明而兵自强。置大帅以总边陲，委之专而边陲之利自兴；任文武以分边郡，付之久而边郡之守自固。右武事以振国家之势，来敢言以作天子之气；精间谍以得虏人之情，据形势以动中原之心。不出数月，纪纲自定；比及两稔，内外自实。人心自同，天时自顺。有所不往，一往而民自归。何者？耳同听而心同服；有所不动，一动而敌自斗。何者？形同趋而势同利。中兴之功，可硁足而须也。

　　窃尝观天下之大势矣。襄、汉者，敌人之所缓，今日之所当有事也。控引京、洛，侧睨淮、蔡，包括荆、楚，襟带吴、蜀；沃野千里，可耕可守；地形四通，可左可右。今诚命一重臣，德望素著、谋谟明审者，镇抚荆、襄，辑和军民，开布大信，不争小利，谨择守宰，省刑薄敛，进城要险，大建屯田。荆、楚奇才剑客，自昔称雄，徐行召募，以实军籍。民俗剽悍，听于农隙时讲武艺。襄阳既为重镇，而均、随、信阳及光、黄，一切用艺祖委任边将之法。给以州兵，而更使自募；与以州赋，而纵其自用，使之养士足以得死力，用间足以得敌情。兵虽少而众建其助，官虽轻而重假其权。列城相援，比邻相和；养锐以伺，触机而发。一旦狂虏玩故习常，来犯江淮，则荆、襄之师，率诸军进讨，袭有唐、邓诸州，见兵于颍、蔡之间，示必截其后。因命诸州转城进筑，如三受降城法，依吴军故城为蔡州，使唐、邓相距各二百里，并桐柏山以为固。扬兵捣垒，增陴深堑，招集土豪，千家一堡，兴杂耕之利，为久驻之基。敌来则婴城固守，出奇制变；

敌去则列城相应，首尾如一。精间谍，明斥堠，诸军进屯光、黄、安、随、襄、郢之间，前为诸州之援，后依屯田之利。朝廷徙都建业，筑行宫于武昌，大驾时一巡幸。虏知吾意在京、洛，则京、洛、陈、许、汝、郑之备当日增，而东西之势分矣；东西之势分，则齐、秦之间可乘矣。四川之帅，亲率大军，以待凤翔之虏；别命骁将出祁山以截陇右，偏将由子午以窥长安，金、房、开、达之师入武关以镇三辅，则秦地可谋矣。命山东之归正者往说豪杰，阴为内应；舟师由海道以捣其脊。彼方支吾奔走，而大军两道并进，以揣其胸，则齐地可谋矣。吾虽示形于唐、邓、上蔡，而不再谋进，坐为东西形援，势如猿臂；彼将愈疑吾之有意京、洛，特持重以示不进，则京、洛之备愈专，而吾必得志于齐、秦矣。抚定齐、秦，则京、洛将安往哉？此所谓批亢捣虚，形格势禁之道也。

就使吾未为东西之举，彼必不敢离京、洛而轻犯江、淮，亦可谓乖其所之也；又使其合力以压唐、蔡，则淮西之师起而禁其东，金、房、开、达之师起而禁其西，变化形敌，多方牵制，而权始在我矣。

然荆、襄之师，必得纯意于国家而无贪功生事之心者而后付之。平居无事，则欲开诚布信，以攻敌心；一旦进取，则欲见便择利而止，以禁敌势。东西之师有功，则欲制驭诸将，持重不进以分敌形。此非陆抗、羊祜之徒，孰能为之？

夫伐国，大事也。昔人以为譬拔小儿之齿，必以渐摇撼之。一拔得齿，必且损儿。今欲竭东南之力，成大举之势，臣恐进取未必得志，得地未必得守。邂逅不如意，则吾之根本撼矣。此岂谋国万全之道？臣故曰：攻守之间，必奇变。

【作者简介】

陈亮（1143—1194），字同甫，学者称龙川先生，婺州永康人，永康学派代表，著有《龙川文集》《龙川词》。陈亮在文学、历史、哲学、政论诸方面皆有成就，提倡注重事业功利有补国计民生的"事功之学"，主张"古今并宜，圣贤之事不可尽以为法"，反对朱熹的三代以下天地人心日益退化的观点。陈亮的学说在当时被看成"异说"，他的思想产生和当时的历史背景有密切联系，但其思想有进步意义，对后世的思想家起了积极作用。

名篇

中兴论

【内容简介】

这篇旨在唤起孝宗皇帝振作精神、完成统一大业的上书,是作者系列奏议《中兴五论》中最重要的一篇。文章写于乾道五年(1169),这时离高宗南渡建立南宋政权已有42年。在这期间,朝廷始终存在着主战派和主和派的激烈斗争。而高宗和孝宗虽然也曾一度起用主战派大臣,希望能恢复故土,但是在军事上一遇挫折,就马上改弦更张,力图维持偏安一隅现状的思想立即抬头,持一种得过且过的态度和消极防守的策略。这就是本文写作的时代背景。

中国古代文人,一向把经世致用、治国平天下当作自己的崇高职责。由于阶级的局限,他们不可能去组织和唤起民众,而只能把希望寄托在最高统治者皇帝的身上。向皇帝进呈奏议,就成了他们参政议政、实现自己政治抱负的重要手段。因此,他们十分重视如何写好奏议。

用奏议的写作要求,再结合当时的政治情势来读这篇《中兴论》,就能体味到它的高明之处。文章从概述当时敌我双方总形势下笔,指出南宋已经忍辱含垢了40多年，而现在金朝内部"政令日弛""日趋怠惰"，正是我们奋起雪耻的最好时机。又列举南朝宋文帝对河南地"得而复失"，及民间祖辈产业质典于人，子孙不能继赎的例子，进一步强调进行北伐的迫切性。接下来，作者以大量篇幅提出了一系列政治、经济的改革措施和军事上的战略战术。其中，本着"右武事以振国家之势"的基本观点，着重而详尽地阐述了在军事上应该持何种战略和具体采取什么措施。即，在指导思想上要立足于"奇变"，对敌人实行"批亢捣虚，形格势禁"的方针：在具体的"进取之道"方面，应斩断敌人的东西二臂秦、齐之地，使之孤立无援。为达此一目的，先要建立以襄、汉为中心的战略基地。这里"地形四通，可左可右"，地位十分重要，而它又正是"敌人之所缓"的薄弱环节。为巩固这一基地，可在此"大建屯田"，并袭用宋太祖赵匡胤实行过的"任边将之法：给以州兵，而更使自募（允许自主再招募军士）；与以州赋，而纵其自用（允许自主使用财权）"，从而扩大该地长官在军事和财政上的权力，充分调动其积极性。接着，文章又设想了襄、汉根据地建成后敌我双方可能出现的种种战事变化及应对策略。最后，作者鉴

名篇

中兴论

于军事上敌强我弱的态势，谆谆告诫皇帝要像对待"小儿拔牙"那样，不可心急，耐心等待攻防之间的"奇变"发生。

当时宋、金两国正处于交战状态，军事问题无疑是国家的头等大事，所以奏议把它当作重点加以论述。高、孝二宗在主战、主和两派之间依违两可，举棋不定，说到底是战争形势的变化使然。军事问题说透了，就抓住了整个形势的合理内核。建立襄、汉战略基地，也是掌握战争主动权的高明合理之举。"奇变"战略和不轻举妄动以待变化方针的制订，是基于敌强我弱的基本态势，应该说是当时最恰当可行的指导方针。文章的论析，建立在对敌我双方情况的全面掌握之上，则是其合理性和可行性的可靠基础。

这篇奏议，表现了陈亮崇高的爱国主义精神、成熟的政治远见和军事谋略，也展示了他高超的写作才能和说理艺术。

拟景炎皇帝遗诏*

■〔宋〕陆秀夫

朕以冲幼之资，当艰危之会。方太皇命之南服，黾勉于行；及三宫胥而北迁，悲忧欲死。卧薪之愤，饭麦不忘；奈何乎人，犹托于我？涉瓯而肇霸府，次闽而拟行都，吾无乐乎为君，天未释于有宋。强膺推戴，深抱惧惭！

而敌志无厌，氛祲甚恶，海桴浮避，澳岸栖存。虽国步之如斯，意时机之有待。乃季冬之月，忽大雾以风，舟楫为之一摧，神明拔于既溺。事而至此，夫复何言？矧惊魂之未安，奄北哨其已及。赖师之武，荷天之灵，连滨于危，以相所往。沙洲何所？垂阅十旬；气候不齐，积成今疾。念众心之巩固，忍万苦以违离。药非不良，命不可逭。

*选自王根林编著：《南宋散文》，上海书店出版社2000年版，第96—97页。

惟此一发千钧之重，幸哉连枝同气之依。卫王某，聪明凤成，仁孝天赋，相从险阻，久系本根。可于枢前即皇帝位，传玺绶。丧制以日易月，内庭不用过哀。梓宫毋得辄置金玉，一切务从简约。安便州郡，权暂奉陵寝。

呜呼！穷山极川，古所未尝之患难；凉德薄祚，我乃有负于臣民。尚竭至忠，共扶新运。故兹诏示，想宜知悉。

【作者简介】

陆秀夫（1235—1279），字君实，楚州盐城县（今江苏盐城）人，民族英雄。陆秀夫20岁时（南宋宝祐四年，即1256年）与文天祥同登进士榜。祥兴元年（1278）为左丞相，次年二月，元军大举南犯，陆秀夫辅弼幼主驻军崖山抗元，不幸战败，驱妻、子入海后，即怀揣玉玺，负帝壮烈投海，终年44岁。

【内容简介】

这篇代皇帝草拟的遗诏，反映了南宋末期宋室流离播迁的窘迫情状，体现了作者在极端艰难的条件下，仍然坚持抗战、誓不降敌的爱国主义精神。

景炎，是宋端宗赵昰的年号。公元1276年正月，元军主帅伯颜兵临临安（今浙江杭州）城下，宋朝奉表投降。三月，伯颜虏宋恭宗赵㬎、全太后等北归。五月，宋臣陆秀夫、张世杰、陈宜中于温州拥立九岁的赵昰，改元景炎，是为端宗。十一月，元军入福建，陈宜中、张世杰护卫端宗乘海船南逃。景炎二年十一月，张世杰奉端宗进入今广东中山县以南南海中的井澳。景炎三年四月，赵昰病逝，五月，陆秀夫等又立赵昰的年仅八岁的弟弟赵昺为帝，改元祥兴，继续顽强地进行抗元斗争。祥兴二年（1279）二月，宋元海军在厓山（今广东新会南）决战，宋军大败，陆秀夫仗剑驱赶妻儿入海，自己背幼帝赵昺投海殉国。

这篇简短的遗诏，概述了赵昰从即位到病逝的全过程，结尾留下丧事从简和勉励大臣同心协力共扶赵昺的遗愿。文章是用官方规定的四六骈体文写的，它要求大部分由字数相同、对仗工整的对句组成，在形式上有很大束缚。而陆秀夫很熟练地运用这种文体，用紧凑简明的结构和质朴凝练的语言，准确而生动地表现出当时艰难险恶的斗争形势。大宋王朝后期的命运，也实在令人感慨！先是徽、钦二

名篇

■

拟景炎皇帝遗诏

宗被金兵俘虏，中原大片国土沦陷；继之南宋首都临安被元军占领，恭帝被俘北迁；最后以陆秀夫负幼帝投海，画上正式灭亡的句号。这最后三四年（1276—1279）的斗争，与其说是宋元两国交战，还不如说是宋室被敌人不断驱赶流亡。这当中，显然有一种精神力量在支持他们顽强而悲壮地进行毫无胜利希望的战争。

此文虽是代皇帝立言，但字里行间抒发了以陆秀夫为代表的南宋军民一息尚存就决不投降的坚强决心和崇高气节。全文充溢着忧愤悲凉之气，具有很强的感染力。

宋论·卷二·太宗*

■〔清〕王夫之

　　夫教战之道无他,以战教之而已矣。古之教战也,教之于四时之田。禽,如其敌也;获禽,如其杀敌也;驱逆,如其挑战也;获而献禽,如其计功以受赏也。趋利而唯恐失,洞中贯脑而唯恐毙之不速,众争追逐而唯恐其后于人,操必杀之心而如不两立。以此而教,行乎战之事矣。然而古之用兵者,邻国友邦之争,怒尽而止,非夷狄盗贼之致死于我而不可与之俱生,以禽视敌,而足以战矣。夫人与人同类,则不容视其死如戮禽而不动其心。敌与我争命,则不如人可杀禽,而禽不能制人之死命。以此为教,施之后世,犹之乎其有戏之心;但习其驰射进止之节,而不能鼓临事之勇,于战固未有当也。况舍此而言教

　　*选自王夫之著,王嘉川译注:《宋论》,中华书局2008年版,第14—22页。原文有删减,编者注。

战，黩武也；黩之以戏而已矣。

夫营垒有制，部队有法，开合有势，伏见有机，为将者务知之，而气不属焉，则娴习以熟，而生死成败之介乎前，且心目交荧而尽失其素。况乎三军之士，鼓之左而左，鼓之右而右，唯将是听，而恶用知兵法之宜然哉！所恃以可生可死而不可败者，气而已矣。气者，非可教而使振者也。是故教战者，唯数试之战，而后气以不骇而昌。日习之，日教之，狎而玩之，则其败愈速。是故不得百战之士而用之，则莫若用其新。昔者汉之击匈奴也，其去高帝之时未及百年，凡与高帝百战以定天下者虽已略尽，而子孙以功世彻侯，皆以兵为世业，习非不夙，而酎金之令，削夺无余。武帝所遣度绝幕、斩名王、横驰塞北者，卫青、霍去病、李广、程不识、苏建、公孙敖之流，皆拔起寒微，目未睹孙、吴之书，耳未闻金鼓之节，乃以用其方新之气，而威行乎朔漠。其材官健儿以及数十万之众，天子未闻亲临大阅，将吏未暇日教止齐，令颁于临戎之日，驰突于危险之地，即此以教之而已足于用。故教战者，舍以战教，而教不如其无教，教者，戏而已矣。

虽然，抑有说焉。有数战而不可使战者，屡试之弱敌，幸而克捷，遂欲用之于劲敌也；则宋之用曹彬、潘美以争幽州是已。此数将者，皆为宋削平割据以统一天下者也，然而其效可睹矣。刘铱之虐也，孟昶之荒也，李煜之靡也，狃于苟安，而尽弛其备，兵一临之，而如春冰之顿释；河东差可自固，而太祖顿于坚城之下，太宗复亲御六军，躬冒矢石，而仅克之；则诸将之能，概可知已。幸人之弱，成其平国之功，整行长驱，卧鼓偃旗，而敌已溃；未尝有飞矢流于目睫，白刃接于肘腋，凶危不测之忧也。方且以仁厚清廉、雍容退让、释天子之猜疑，消相臣之倾妒，迨雍熙之世而益老矣。畏以勋名见忌，而思保富贵于暮年之情益笃矣。乃使贸首于积强之契丹，岐沟之死伤过半；岂旌麾不耀云日，部伍不缀星辰，以致敌之薄人于无法哉？怙其胜小敌者以敌大敌，突骑一冲，为生平所未见，而所习者不与之相应，不熸何待焉。张齐贤曰："择卒不如择将。"诸将之不足以一战也，夫人而知之矣。

夫宋岂无果毅跞弛之材，大可分阃而小堪奋击者乎？疑忌深而士不敢以才自见，恂恂秩秩，苟免弹射之风气已成，舍此一二宿将而固无人矣。岐沟一蹶，终宋不振，吾未知其教之与否，藉其教之，亦士戏于伍,将戏于幕,主戏于国,相率以嬉而已。呜呼!斯其所以为弱宋也欤!

【作者简介】

王夫之(1619—1692),字而农,号姜斋,人称"船山先生",明遗民,明末清初思想家,与顾炎武、黄宗羲、唐甄并称"明末清初四大启蒙思想家"。著有《周易外传》《黄书》《尚书引义》《永历实录》《春秋世论》《噩梦》《读通鉴论》《宋论》等书。

【内容简介】

本篇为《宋论》卷二《太宗》第四条。宋太祖总结历代统治经验,特别是鉴于许多王朝都是被人民暴动所推翻,而单凭军事镇压又无法遏制人民的反抗,因而在军事制度上继承唐末五代以来的募兵制度,士兵不再由一定年龄的百姓以服役的方式来充当,而是采取招募应征、自由报名的形式,一旦入伍,则服役至老,甚至终生为兵。在他看来,这种募兵养兵制度是唯一可以为利百代的最好办法,因而大量招募百姓入伍,同时还尽量把一些罪犯也编入军队中,并特别规定,每遇灾荒年景,更要把大批无以为生的饥民招募为兵，由国家养起来，从而把原来敌对的反抗力量，转化为镇压反抗的支持力量。这制度被后继者们作为"立国家法"传承下来，使宋朝军队的数量与日俱增，太祖末年时有军队37.8万人，到太宗末年达66.6万人，真宗时91.2万人，仁宗时达140万人，以致全国财政的十分之六七都用于军费开支。但这些军费主要用于"养兵"，用于维护士兵及其家属的生活，并未用于提高军队战斗力，因而其对外战争总是屡屡失利、败多胜少。王夫之认为，宋朝之所以衰弱，就是因为宋军战斗力太差，并从练兵不得其法、将领无可用之人两个方面进行了分析批判。

解读

宋朝的开国和开国规模*

■ 张荫麟

太祖、太宗两朝,对五代制度的因革损益,兹分三项述之如下:军制与国防,官制与科举,国计与民生。

五代是军阀的世界。在稍大的割据区域内,又分为许多小割据区,即"节度使"的管区。节度使在其管区内尽揽兵、财、刑、政的大权。太祖一方面把地方兵即所谓厢兵的精锐,尽量选送到京师,以充禁军,又令厢兵此后停止教练。这一来厢兵便有兵之名无兵之实了。厢兵的编制是每一指挥使管四五百人。每大州有指挥使十余员,次六七员,又次三四

---

　　* 节选自张荫麟:《大家小书　两宋史纲》,北京出版社2016年版,第13—24页。张荫麟(1905—1942),广东广州府东莞县(今广东东莞)人,著名学者、历史学家,在清华求学七年,以史、学、才三才识出众知名,与钱钟书、吴晗、夏鼐并称为"文学院四才子",代表作有《中国史纲》。

员。每州有一马步军都指挥使,总领本州的厢兵;而直隶于中央的侍卫司,即侍卫亲军的统率处。在另一方面,太祖把节度使的行政权和财权,逐渐移归以文臣充任的州县官。这一来"节度使"在宋朝便成为一种荣誉的空衔了。

禁军的组织,大体上仍循后周之旧,唯殿前正副都点检二职,经太祖废除。殿前和侍卫的正副都指挥使在太宗时亦缺而不置,后沿为例,因此侍卫军的马、步两军无所统属,而与殿前军鼎立,宋人合称之为"三衙"。禁军的数目,太祖时约有20万,太宗时增至26万。禁军约有一半驻屯京城及其附近,其余一半则分成边境和内地的若干重镇(禁军外成分布的详情,是一尚待探究的问题)。其一半在内而集中,另一半在外而分散。这样,内力永远可以制外,而尾大不掉的局面便无法造成了。太祖又创"更成法":外成各地的禁军,每一或二年更调一次。这一来,禁军可以常常练习行军的劳苦而免怠惰,同时镇守各地的统帅不随成兵而更动,因此"兵无常帅,帅无常师",军队便无法成为将官的私有了。

厢军和禁军都是雇佣的军队。为防止兵士逃走,他们脸上都刺着字。此制创自后梁,通行于五代，而宋朝因之。兵士大多数是有家室的。厢兵的饷给较薄，不够他们养家，故多营他业。禁兵的饷给较优，大抵勉强可够养家。据后来仁宗庆历间一位财政大臣（张方平）的报告，禁军的饷给"通人员长行（长行大约是伕役之类）用中等例（禁军分等级，各等级的饷类不同）：每人约料钱（每月）五百，月粮两石五斗，春、冬衣绸绢六匹，绵十二两，随衣钱三千……准例（实发）六折"；另外每三年南郊，大赏一次，禁兵均每人可得十五千左右。除厢、禁军外，在河北、河东（今山西东）及陕西等边地，又有由农家壮丁组成的民兵。平时农隙受军事训练，有事时以助守御，而不支官饷。

这里我们应当涉及一个和军制有关的问题，即首都位置的问题。宋都汴梁在一大平原中间，四边全无险阻可资屏蔽，这是战略上很不利的地形。太祖曾打算西迁洛阳，后来的谋臣也每以这首都的地位为虑。为什么迁都之议始终没有实行，一直到了金人第一次兵临汴梁城下之后，宋帝仍死守这地方，等金人第二次到来，而束手就缚呢？我们若从宋朝军制的根本原则、主要外敌的所在、经济地理的形势各方面思考，便知道宋都有不能离开汴梁的理由。一是在重内轻外的原则下,禁军的一半以上和禁军家属的大部分集中在京畿,因此军粮的供应和储存为一大问题。随着禁军数量的增加,后来中央政府所需于外给的漕粮,每年增至六七百万石,而京畿的民食犹不在内。在这样的情形下,并受当时运输能力的限制,政治的重心非和现成的经济的重心合一不可。自从唐末以来,一方面因为政治重心由西而东移,一方面因为关中经数次大乱的摧毁和水利交通的失理,汉唐盛时关中盆地的经济繁荣和人口密度,也移于华北平原。汴梁正是这大平原中的交通枢纽,经唐、五代以来的经营,通渠四达,又有大运河以通长江。宋朝统一后,交通上的人为限制被扫除,它便成为全国的经济中心了。二是宋朝的主要外敌是在东北,它的边防重地是中山(今河北定县)、河间、太原三镇,而在重内轻外的原则下,平时兵力只能集中在京畿,而不能集中于其他任何地点。因此,都城非营建在接近边防重镇且便于策应边防重镇的地点不可。汴梁正具备这条件。

宋朝的家法和北宋的政治改革运动*

■ 邓广铭

当赵匡胤夺取到政权之日，他所接收的实际上只是一个烂摊子。就这个政权本身来说，所继承的是五个短命王朝，即在五十三年的时间内，改换了五个朝代和八个姓氏的十三个君主。如何能免于再成为第六代短命王朝，这是他处心积虑想要加以解决的一个问题。

北宋政权处于中原开封，初创时所统辖的境土还很狭小，而中原地区之外，在北边，不但有强大的契丹（辽），在太原还有在契丹卵翼之下的北汉；在长江流域的上下游及其附近，则有在四川的后蜀、

---

　　*选自邓广铭：《宋史十讲》，中华书局2008年版，第57—72页。原文有删减，编者注。邓广铭（1907—1998），字恭三，山东德州人，中国历史学家、著名宋史学家，是20世纪中国宋史研究的主要开创者和奠基人。其学术代表作有《稼轩词编年笺注》《宋史职官志考正》《岳飞传》等。

江陵(今湖北荆州)的南平、湖南的楚、杭州的吴越、金陵(今南京)的南唐;还有在广东的南汉、福建的闽。这些割据政权的出现,是唐代后期以来藩镇割据局面的进一步发展。这些地区物产丰富,而这些政权的军事实力却都不够强大。赵匡胤曾经随从周世宗出师征辽,虽也收复了石敬瑭割让给辽的十六州中瀛、莫两州,但这两州并不是以武力攻取到的,而是两州守臣望风迎降的。如再前进去攻打幽州,则须打硬仗。恰巧这时周世宗因病班师,征辽之役便告终结。但赵匡胤却因此认识到"当今劲敌唯在契丹",所以在他夺得政权后就对契丹采取守势,而集中力量去消灭南方的几个割据政权。在他在位的十七年内,除在太原的北汉是宋太宗即位后于979年把它灭掉的以外,黄河流域以南的诸州郡已都归入宋政权的统治之下了。

因为在夺取政权之初,对内部的篡夺成风的局势必须刹住,对外部的分崩离析局面也必须加以结束,而且还要防范其重演。所以,赵匡胤在即位之后,在政治、军事和财政经济诸方面的立法都贯穿着一个总的原则:以防弊之政,为立国之法。

宋太宗以阴谋取代了他哥哥的皇位之后,第二天就在一道大赦天下的诏书中说:先皇帝创业垂二十年,事为之防,曲为之制,纪律已定,物有其常。谨当遵承,不敢逾越。(《长编》卷一七。《宋大诏令集》亦有此日之大赦诏,但内容大异,无此诸语。我另有文论其异同之故。)

这几句话,可以说是最确切地概括了宋太祖在位的十七年内所有政治、军事设施的微妙用意,亦即其精神实质。诏中"谨当遵承,不敢逾越"两语,并不表明宋太宗对其令兄也要做一个"善继人之志,善述人之事"的人,而是他也体会到:"事为之防,曲为之制",实在是巩固政权最可取的一个法宝。所以,他不但继承了这一法宝,而且还从各个方面加以发展。

牵制作用的充分利用,首先表现在中央政府的组织方面。鉴于唐末五代以来,政权屡经更易的原因,在于操实权的武将和藩臣。而赵匡胤在掌握军事实权之后,很快即得以黄袍加身,更主要是由于他与一些军事首脑人物,如石守信、高怀德等人,结为十兄弟,从而得到他们的助力之故。十兄弟中人,既有拥立之功,也有可能对赵匡胤其人并不真诚拥护,若然,就随时可能发生黄袍加于其他人身上的事。所以，在建隆初年，赵匡胤即收夺了高级将领的兵权（世间盛传的"杯酒释兵权"那一戏剧性事件则是查无实据的），取消了殿前都副点检的职称，而分别设置了殿前司、侍卫马军司和侍卫步军司，即所谓"三衙"，名义上是由枢密院而实际是由皇帝直接统领。

石守信、王审琦、高怀德等人都是十兄弟中人，所以成为解除兵权的主要对象。而后来消灭南方诸割据政权时，所用的统兵将帅如曹彬、潘美等则皆为后起人物。

宰相权大也常常威胁到政权的稳定，五代虽无此事例，而历代所发生的这类事件却不少。所以，从宋初开始，就对相权加以分割。前代的宰相，号称"事无不统"，北宋初年则设置了枢密使，以使宰相不能掌管军政，枢密院与宰相府对称"二府"。设置三司，号为"计省"，三司使则号为"计相"，以使宰相不能过问财政。

宰相的职权被缩小，又都是用一些文人充当，因而其对国家大事所能起的作用是极为有限的。

设置枢密使的用意，也不专在于分宰相之权，而且是用以与带兵的大将起互相牵制的作用：枢密使有制令之权而无握兵之重，大将有握兵之重而无制令之权。

到宋太宗时，不但把枢密院的制令之权归于皇帝，而且对带兵出征作战的大将，实行"将从中御"的办法，对大将在前线上的举动也加以限制，这也成为宋朝的一条家法，从而造成了极严重的后果。因为，战争现场最主要的问题，是要统兵将帅有主动权，能灵活机动；捆住了前线将帅在指挥上的因时因地制宜之权，那就等于把主动权交于敌方了。因为在其时信息的传递太慢，对战争是无法遥控的。

为了使割据局势不重演，便把州郡长官的权力也大大收缩，正如朱熹所说：本朝鉴五代藩镇之弊，遂尽夺藩镇之权，兵也收了，财也收了，赏罚刑政一切收了，州郡遂日就困弱。靖康之祸，虏骑所过，莫不溃散。

为了束缚文武臣僚的手脚，不使其喜事兴功，而只能循规蹈矩，还有另外的一些相应的传统做法亦即家法，那就是：不任官而任吏，不任人而任法。

当时的宰相，从太祖太宗时的赵普，到真宗时的李沆，即都以不生事为原则。长久如此因循，便造成了王安石所说的那样一些弊端:本朝累世因循末俗之弊……一切因任自然之理势,而精神之运有所不加。(《临川文集》卷四一《本朝百年无事札子》)

第一个对这样的束缚手脚的条条框框提出反对意见的是寇准。《宋史·寇准传》载(《长编》所载同):准在相位,用人不以次,同列颇不悦。它日,又除官,同列目吏持《例簿》以进,准曰:"宰相所以进贤退不肖也,若用《例》,一吏职尔!"

就此便足以看出寇准是一个真正具有宰相识见的人。然而正如南宋的叶适所说:"至咸平、景德初,资格始稍严。一寇准欲出意进天下之士,而上下群攻之矣。"事实上就正是因其如此,使他不可能久居相位的,因为他背离了宋朝的家法了。所以即使不因王钦若的"孤注一掷"的谮言,他也不会久于其位的。这次罢相之后,宋真宗还向新拜相的王旦说:"寇准多许人官,以为己恩。俟行,当深戒之。"从另一方面看,这几句话也正是反映出寇准敢于任责的精神。

在这次罢相的十多年内,即在真宗去世以前,寇准又曾两次入朝做宰辅,但也全未久于其任,少则数月,多则一年,即又被罢免。当他在天禧三年

（1019）第三次进入政府时，"时真宗得风疾，刘太后预政于内，准请问曰：'皇太子人所属望，愿陛下思宗庙之重，传以神器，择方正大臣为羽翼。丁谓、钱惟演佞人也，不可以辅少主。'帝然之。准密令翰林学士杨亿草表，请太子监国，且欲援亿辅政。已而谋泄，罢为太子太傅，封莱国公"。（《宋史》本传）建议真宗禅位的事虽因"谋泄"而失败，寇准也因此而又被罢斥，但他敢于作这样的建议，说明他具有出众的胆识，是敢于以天下之重为己任的人。只可惜这样的作风与宋朝的家法大相背戾，所以注定要失败。

当宋真宗有一次要用寇准为当政大臣时，有人以为寇准的作风与其他大臣截然不同，便请问所以要用寇准之故，真宗回答说，要使一些意见不同，作风不同的人共谋朝政，他们互相之间便要"异论相搅，即各不敢为非"。这表明宋真宗是在恪守家法，要使大臣们彼此间互相制约。宋神宗用王安石为宰相，要他实行其变法的主张，同时却还想把反对变法最力的司马光提升为枢密副使，司马光虽未肯就职，而保守派的文彦博却继续做了多年的枢密副使，还把另一个一直反对新法的冯京用为枢密副使和参知政事。尽管宋神宗始终不曾吐露其用意所在，其不欲使王安石独断专行，要安置一些人对他进行牵制，则是显然可见的。从而可知，充分利用臣僚间的牵制作用这一道家法，宋朝的皇帝们大多是在奉行不替的。

宋太祖还曾非常郑重地把募兵制度宣告为他的一大传家法宝，希望他的继续者也要继续奉行不变。

宋太祖之所以要把募兵制度作为传家法宝，是因为，通过施行这一制度，可以把军人与民众截然分割开来，使两者可以不至互相影响，协同动作。但施行后所产生的流弊，却决非太祖始料之所能及。为充分利用这一制度，宋政府凡遇有水旱之灾的年份和地区，即在其时其地大量招募（有时甚至是强制）灾民入伍当兵，供其衣食，以免他们集聚于山林川泽之中，成为反抗政府的一支力量。然沿用未久即弊端丛生；招募不已，员额日增，老弱参杂，训练全废，已全非英勇善战的劲旅。建国八十年后，军人数量已达一百四十余万，成为国家财政的极大负担，使北宋政权日益陷入积贫积弱的困境。

宋朝第二次释兵权*

■ 王曾瑜

　　宋朝历史上有两次释兵权,恰好发生在北宋初和南宋初,但两者的历史条件与后果则完全相反。事实上,宋人也已注意到两个事件的相似,并称北宋初为"忠谋",南宋初为"奸谋"。北宋初著名的"杯酒释兵权",是促进了中原的统一和稳定;而南宋初罢三大将兵柄,却是对金屈膝求和,实现南北分裂永久化的一个重大步骤。

　　宋廷图谋削诸大将军权,已酝酿积年。秦桧再相后,即密奏宋高宗,"以为诸军但知有将军,不知有天子,跋扈有萌,不可不虑",宋高宗为此"决意和

　　*选自王曾瑜:《荒淫无道宋高宗》,河北人民出版社2007年版,第226—231页。原文有删减,编者注。王曾瑜(1939—),上海人,著名历史学家、宋史研究专家,中国社会科学院荣誉学部委员,中国社会科学院历史研究所研究员、研究生院博士生导师。其主要学术著作有《宋朝兵制初探》《岳飞和南宋前期政治与军事研究》等。

戎"。但此事真正付之实施,尚是在淮西战事暂告休止之后,提出具体建议者,正是在绍兴八年(1138)奴颜婢膝、接待金使的给事中、直学士院范同。他献计秦桧,主张将韩世忠、张俊、岳飞三大将"皆除枢府,而罢其兵权"。秦桧奏禀宋高宗,皇帝当即首肯。

韩世忠和张俊先到行在,而岳飞行程较迟。高宗、秦桧及其心腹心怀鬼胎、焦躁不安,整日用美酒佳肴款待韩世忠和张俊。六七日后,胸怀坦荡的岳飞也终于抵达。宋廷一面在西湖设宴,一面起草制词,连夜发表韩世忠和张俊任枢密使,岳飞任枢密副使,留朝供职。宋朝历史上第二次"杯酒释兵权"就此实现。三大将新命发表后,淮东、淮西与京西、湖北原三大将的宣抚司也随之撤销,他们所统的三军军号也一并改为御前诸军,以示直属皇帝。

宋高宗亲自召见三大将说:"朕昔付卿等以一路宣抚之权尚小,今付卿等以枢府本兵之权甚大。卿等宜共为一心,勿分彼此,则兵力全面莫之能御,顾如兀术,何足扫除乎!"高宗言词冠冕堂皇,其实口是心非,罢三大将的兵权,绝非是为对金作战,而恰好是为了媾和。倒是秦桧的养子秦熺后来在官史中供认不讳,"主上圣明,察见兵柄之分,无所统一"，"乃密与桧谋，削尾大不势，以革积岁倒持之患"。

就宋高宗而论，问题的关键不在于是否要罢兵权，而在于时机的选择，为何在淮西战事暂告休止之际，就迫不及待地付诸实施。从今存史籍来看，一是宋金双方自开展以来，并无明使往来；二是淮西战争仅是暂时休止，看不出整场战争行将结束的任何迹象。既然处于交战状态，交战一方居然自行采取并还将继续采取一系列措施，"顿弛武备，罔意边防"，这完全是违背常理的。宋高宗敢于如此，正在于通过双方暗中的磋商，对"息戈之期"胸中有数，方得以大胆采取一系列令人瞠目结舌的"弛武备"措施。

论宋代的皇权和相权*

■ 张邦炜

宋代的皇权和相权，究竟谁强谁弱？照我看来，与前代相比，宋代的皇权和相权都有所加强。这并非故作新奇之论，早在南宋时便有此一说。如林駉认为，宋代的情况是"君上有大权，朝廷有公论"；黄履翁肯定宋代"宰相之任重"，同时又断言"人主之权重"。皇权和相权，此强彼亦强，岂不自相矛盾？其史实依据又何在？这些正是本文试图回答的问题。

* 选自张邦炜：《宋代政治文化史论》，人民出版社2005年版，第1—21页。原文有删减，编者注。张邦炜（1940—），四川江安人，四川师范大学历史文化与旅游学院教授，首都师范大学历史学院特聘教授，曾兼任中国宋史研究会副会长。其学术代表作有《宋代皇亲与政治》《宋代婚姻家族史论》《宋代政治文化史论》等。

一、皇权相权相互依存

宋代皇权强相权弱、相权强皇权弱两种说法截然相反，可是其出发点却惊人的一致，都立足于皇权与相权绝对对立，只能此强彼弱。

从道理上说，皇权与相权只能此强彼弱，便很难讲通。毋庸置疑，"宰相之任，所职甚重"。他们的职责是"掌邦国之政令，弼庶务，和万邦，佐天子，执大政"。

宰相虽然"执大政"，但无非是"佐天子"。皇帝离不开宰相，原因在于"万几之烦，不可遍览"，只能"设官分职，委任责成"。皇帝和宰相尽管有主从之分，但毕竟相互依存，以致君相一体之说在封建时代颇为流行，封建士大夫总是把君相关系比喻为元首与股肱。

很清楚，皇帝拥有最高统治权，宰相仅有最高行政权，皇权和相权不是两种平行的权力，相权从属并服务于皇权，两者并非绝对对立，而是相互依存。虽然不可能无矛盾，但从总体上说应当是一致的。难怪照不少封建士大夫看来，封建政治体制的正常运转模式应当是在君主专制的前提下，皇权与相权都强。士大夫理想的政治格局无非是："权归人主，政出中书，天下未有不治。"

就史实来说，中国封建时代皇权与相权的变化大致可分为逆向消长与同向消长两种形态。此强彼弱即逆向消长不仅并非唯一形态，并且不是封建政治体制的正常运转形态，而是其变态。

逆向消长又分为两种状态。一种是皇权加强、相权削弱，如汉武帝后期。其原因在于雄才大略的汉武帝信任由其亲属和亲信组成的名叫尚书的内朝，并用内朝分割以宰相为首的外朝的权力。这不应视为常态，除了与君相一体的原则不符而外，还有三个缘故：一是汉武帝末年，决策失误明显增多；二是汉武帝死后，随着皇帝个人对国家政权控制能力的降低，皇权旁落于外戚之手；三是这只不过是中央最高行政权力转换的过渡阶段，尚书台到东汉初年便正式成为中央最高行政机关。另种状况是相权加强、皇权削弱，如东汉末年。这显然属变态。一是由于当时相权已由"佐天子"蜕变为"挟天子"，丞相曹操大权在握，汉献帝仅为傀儡而已；二是因为后来到曹操的儿子曹丕时，便取汉献帝而代之。可见，相权强、皇权弱往往只不过是改朝换代的前奏。

同向消长亦分为两种状态，一种是皇权与相权都弱，如唐朝末年。宋人尽管有"唐末帝王，专委臣下，致多阙失"之说，可是当时藩镇割据，"王室日卑，号令不出国门"，皇权固然弱，相权也不可能强。这虽然与君相一体的原则基本相符，但它无非是五代十国分裂割据的序幕，不能看作封建政治体制的正常运转状态，自不待言。另一种状态是皇权和相权都强，宋代从总体看大致如此。至于其依据，下面将陈述。

二、"看不见篡夺"的时代

宋代皇权比前代有所加强，主要表现在皇帝的地位相当稳固，没有谁能够同他分庭抗礼，更不可能凌驾于他之上以致取而代之，皇权越发至高无上。

南宋思想家叶适认为，宋代至少北宋前期的情况是"天下无女宠、无宦官、无外戚、无权臣、无奸臣，随其萌蘖，寻即除治"。

淳熙年间，参知政事龚茂良指出，汉、唐之乱或以母后专制，或以权臣擅命，或以诸侯强大、藩镇跋扈，本朝皆无此等。大约同时，陆游也说：今朝廷内无权家世臣，外无强藩悍将。

在他们看来，宋代不仅无藩镇割据，而且皇权既未旁落于其亲属、亲信之手，又没有出现王莽、曹操这类危及皇位的权臣。或许正是依据这些，日本史学家宫崎市定将宋代视为"看不见篡夺"的时代。他说，"在唐以前的中世"，"强有力的贵族一旦压倒皇室，就要发生篡夺。篡夺是中世政治史的一个特征"。"宋以后，便看不见篡夺了，天子的地位非常稳定"。"中世""贵族"这两个概念未必准确，但这个说法本身无疑值得重视。宋史专家刘子健的看法与宫崎市定相似，他指出，外戚篡夺"自汉代到五代，屡见不鲜。但自宋以降，不再出现。显然，宋代是分水岭"，并进而认为这是君权巩固、皇权至上的象征。如果不作绝对理解，上述说法可以成立。不过对于此说，摇头者有之，他们的疑问归纳起来不外以下三个。

疑问之一是：皇权果真至高无上吗？有的学者断言："在宋代，皇帝的权力并不是至高无上的。"据说有两样东西比皇权更大，其实都不足为凭。

第一，道理大于皇帝。据沈括《梦溪笔谈·续笔谈》记载，一次，宋太祖问赵普：天下何物最大？赵普经过深思熟虑后,回答道:道理最大。

对于不是皇上最大,而是道理最大之说,宋太祖"屡称善"。但道理毕竟不是一种权力,何况它具有不确定性,约束力又不强。

第二,上天大于皇帝。如熙宁初年,宰相富弼就认为,只有上天能管住皇帝。他说:人君所畏惟天,若不畏天,何事不可为者,去乱亡无几矣。

因此,士大夫常常以己意为天意,并以此约束皇帝。然而就连富弼也明知"灾异皆天数,非人事得失所致者",上天虚无缥缈,并不存在。

显而易见,宋代不存在任何一种高于皇权的权力,也没有任何一种权力能够同皇权平行。

疑问之二是:宋代果真"看不见篡夺"吗?以下两个事例似乎可以作为反证,但是只要稍加辨析,不难发现都不足以说明问题。

例一:绍熙五年(1194)六月,枢密使赵汝愚逼宋光宗退位。此事史称"绍熙内禅",有下面五点值得注意:其一,事件的起因是宋光宗患精神病,无法处理朝政并长期不去看望做了太上皇的父亲宋孝宗。尤其是宋孝宗去世时,宋光宗拒不出面主持丧礼,以致"中外讹言,靡所不至"。以赵汝愚为代表的一批士大夫逼宋光宗退位，目的是为了稳定政局，维护赵氏一家一姓的统治。其二，《孟子·万章》篇称：异姓之卿，"君有过则谏，反复之而不听则去"；同姓之卿，"君有大过则谏，反复之而不听则易位"。宰相留正作为异姓之卿，见势不妙，立即逃出临安城。赵汝愚作为同姓之卿，则不能一走了之，只得"易位"即另立他人为帝。其三，宋光宗虽然不愿退位，但他毕竟亲笔写下：历事岁久，念欲退闲。可以作为内禅的依据。其四，赵汝愚所拥立的不是别人，而是宋光宗的儿子嘉王赵扩，又由身为太皇太后的宋高宗吴皇后最后拍板并垂帘宣布：皇帝以疾，未能执丧，曾有御笔，欲自退闲，皇子嘉王扩可即皇帝位，尊皇帝为太上皇。吴皇后分明是代行皇权。其五，嘉王即宋宁宗也并非抢班夺权者，他一再推辞："恐负不孝名。"赵汝愚好言相劝并采取强制措施："众扶入素幄，披黄袍"，宋宁宗才勉强即位。总之，"绍熙内禅"从目的到手段都与皇权政治的原则完全吻合，绝非篡夺事件。

例二：宋宁宗死时，宰相史弥远拥立宋理宗。史弥远这样做，目的确实在于报私仇、保权位。宋宁宗的养子赵竑自以为将继承皇位，他对史弥远专权颇为不满，常常在地图上指着海南岛说："吾他日得志，置史弥远于此。"于是，史弥远蓄意擅自变动皇位继承人。不过，这件事有三个情节不能忽视：其一，直到宋宁宗时，赵竑仅为济国公，皇位继承人并未最后确定。赵竑莫说做了皇帝，即便已被立为太子，史弥远也将难以下手。其二，史弥远竭力说服宋宁宗杨皇后，尽管杨皇后起初不赞成，但她最终出面假传宋宁宗遗旨，封赵竑为济阳郡王，立赵昀为皇帝即宋理宗。其三，宋理宗与赵竑一样，都是宋宁宗的养子。可见，史弥远拥立宋理宗，虽属一大阴谋，然而并未从根本上违背"家天下"统治精神。何况赵竑不是皇帝，"篡夺"二字无从谈起。

疑问之三是：宋代皇权是否虚化？而我们的答案则是否定的：宋代皇权并未虚化，当时皇帝至少相当实在地掌握着下面两种至关重要的权力。

一种是最终决定权。熙宁初年，参知政事赵抃对宋神宗说：陛下有言，即法也。岂顾有例哉！

这话不无夸张之处，宋代的政令自有其正常形成程序。可是按照程序，必须皇帝"画可"即最后拍板。有学者以"为政也专"的宋初宰相赵普为例，证明宋代相权加强、皇权削弱。其具体事例不外是：一次,赵普一再"荐某人为某官",宋太祖多次断然拒绝,并"怒裂牍,掷诸地",赵普"颜色自若,徐徐拾归,他日补缀旧纸,复奏如初",宋太祖终于"可其奏"。另一次,一位官员按照规定应当迁官,宋太祖"素恶其人,不与"。赵普"力请",得到的竟是蛮横的回答:朕欲不与,卿若之何?

赵普的确别无他法,只能空自表示义愤:刑赏,天下之刑赏,非陛下之刑赏也。岂得以喜怒专之!宋太祖"不听",把这些话当作耳边风。赵普只得紧紧跟随,苦苦央求,"立于宫上,良久不去"。宋太祖最后被赵普的一片"忠"心所感动,"从其请"。其实,这两件事恰恰表明宰相与皇帝的关系无非是"你提建议我做主",宰相尽管有权建议,但皇帝却牢牢地掌握着"可其奏""从其请"的权力,即最终决定权。

另一种是宰相任免权。宋人常常这样说:人主之职论一相,一相之职论百官。宰相对百官的任免,作用相当大:百官差除,从祖宗以来,中书门下同共进拟。这完全符合当时政治体制的运行规范,不应看作皇权旁落于宰相之手。至于宰相任免权,皇帝则紧紧地攥在自己手里,决不放松。如熙宁初年,反对王安石执政的人不少。宋神宗顶住压力,在将王安石任命为参知政事之后，又把他提拔为宰相。又如隆兴元年（1163），宋孝宗固执己见，在把张浚任命为枢密使之后，又将他提升为宰相，并且表示：朕倚魏公（即张浚）如长城，不容浮言摇夺。在宰相任用问题上，官员们的期望只不过是：人主于宰相，疑则勿任，任则勿疑。

然而皇帝对宰相很难做到坚信不疑，宰相受惩处者有之，被撤换者更是为数不少。宋代宰相任期虽无年限，但一般任期较短。宋代一共有134名宰相，在134名宰相中，任期累计在120个月以上者9人，仅占6.7%，其中蔡京四起四落，赵普、吕夷简、文彦博三起三落，秦桧两起两落；终身任宰相者11人，仅占8.2%，他们的任期平均不到42个月，其中最长的是王珪，任相105个月，可是在他死后竟被罢相。总之，宰相的升降沉浮以至命运掌握在皇帝手里。相权再大，也不能同皇权等量齐观。

宋代历史再认识[*]

■ 邓小南

　　相信许多在大学中讲授中国古代史的老师,都曾面对学生提出过类似的问题:应该如何认识中国历史上的宋代?

　　不少学生从中国通史的教科书中、从前辈学者的研究论文中,意识到宋代的"积贫积弱",特别是鼎峙与战争中国势的不振;而与此同时,却又在西方流行的史学著述中,注意到费正清(John King Fair bank)、谢和耐(Jacques Gernet)、伊懋可(MarkElvin)等汉学家对于宋代历史的极高评价,甚

　　*节选自邓小南:《宋代历史再认识》,原载于《河北学刊》,2006年第5期。邓小南(1950—),北京大学历史学系、中国古代史研究中心教授,博士生导师,中国史学会副会长,曾任中国宋史研究会会长。其主要学术著作包括《宋代文官选任制度诸层面》《祖宗之法——北宋前期政治述略》等。

至称之为"中国历史上最伟大的时期"（China：A New History）。学生们往往要问：为什么会有如此巨大的反差？

我个人觉得。这里需要注意两个层次的问题：其一，国内学术界对于宋代的认识，基本上是近代以来形成的，包含着当代人反观历史的体悟。近代以来的中华民族，饱受列强欺侮，积郁着强烈的民族情感，充溢着建设强国的期冀。在这种状况与心境之下，对于"自立于世界民族之林"的憧憬，往往与对于汉唐盛世的怀恋联系在一起。而西方学者则没有这种内心感受。他们从一种外在的角度观察中国的历史。其二，政治史是国内学术界的传统优势所在，政权间的角力是我们所关注的核心问题。西方学者则出自于和我们不同的学术背景，而更加注重社会史、文化史方面的因素。

如果我们能以开放的、理性的态度去看待宋代历史，则不难发现这一时期在中国历史演进序列中特有的重要意义。严复早就指出，宋代对于现代中国人民族性和世界观的形成，有重大的影响："古人好读前四史，亦以其文字耳。若研究人心、政俗之变，则赵宋一代历史最宜究心。中国所以成为今日现象者，为善为恶姑不具论，而为宋人之所造就，什八九可断言也。"陈寅恪先生也曾指出："华夏民族之文化，历数千载之演进。造极于赵宋之世。后渐衰微。终必复振。"宋代在中国社会史、文化史、思想史上的位置早被学术界所敏锐洞察。

近些年来，宋史学界希望摆脱以往习用的朝代框架，而努力使自己的研究在更长的时段——唐宋或宋元明——中找到意义。"唐宋""宋明"并称，都是有着特殊意味、特殊魅力的时间概念。这既是因为不同时代在政治、制度、思想以及文化成就上的连续性，牵动着国人对于"文明昌盛"的自豪记忆，也是因为前后历史之间明显的反差甚至"断裂"。讲前后的关联与递嬗，钱钟书曾经说："在中国文化史上有几个时代是一向相提并论的：文学就说'唐宋'，绘画就说'宋元'，学术思想就说'汉宋'——都得数到宋代。"谈到区别与转型，又有"唐型文化"、"宋型文化"之说。"唐宋"并提，将宋代作为唐代中期以来一系列重要变化的整理定型期；而"宋元明"的概念，则将其视为中华帝国中期至后期转化过程中一系列新发展的开端。也有学者从文化史、思想史的视域观察"唐宋"或"宋明"连称背后牵系的意义,开拓出新的研究理路。将宋代的历史置于长时段中予以认识,有效地开阔了我们的眼界。

力图把握"中国大历史"的黄仁宇曾经说:"中国历史中主要的朝代,每个不同,而尤以赵宋为显著。"经历过晚唐五代的社会变动,既有秩序被冲击,社会结构调整重组,平民化、世俗化、人文化趋势明显,王朝的务实基调体现在方方面面。从宋代本身的发展来看,大量新的因素出现:生产水平提高,租佃制、雇佣制发展,坊郭户等非主体社会阶层成长,商品经济与海外贸易兴盛,都市面貌改观,社会流动频繁。中国历史上经济重心南移的过程在宋代基本完成,江南由此成为经济文化最为发达的地区。出现于隋唐的科举选官制度,从操作方式到社会影响力在宋代都发生了深刻和明显的变化。新型精英("寒唆")站在开新风气之前沿,文化传承者身份下移,知识传布面扩展,家族与地方社会凝聚力增强。此外,新儒家的觉醒,学术思想的活跃创新,士人对于道德理性的不懈追求,艺术情趣与品味风尚的转移,先进科学技术的广泛应用与传播,民众生活习俗的变化……凡此种种,无不展现出鲜明的时代特色。在政治方面,中央集权、君主专制皆处在逐渐强化的过程中,而限制君权的制衡程序同样在加强;为保证理想社会政治秩序的建立,宋代士大夫亦努力"致其君为尧舜之君"。

认识宋代的历史,还需要将我们的视野放宽。研究者所面对的,不仅是一个王朝,而应该是一个历史阶段。当时,相对于宋朝来说,辽、夏、金都不再是周边附属性的民族政权,而已经成长为在政治、军事、经济诸方面都能够与宋王朝长期抗衡的少数民族王朝;赵宋作为中原王朝,在当时历史大势中的核心地位和领头作用,不是体现在统一大业的领导权上,而是表现在政治制度、社会经济和思想文化的巨大而深远的影响上。

就横断面来看,宋代的统一,其疆域面积远不及汉唐;而其统治所达到的纵深严密层面,却是前朝难以比拟的。此后,中国历史上再没有出现过地方严重分裂割据的局面。当时人们的生活方式、思想观念,在一个相对流动的社会中被潜移默化地整合着、渗透着,以至于今人还会感觉到宋代留给我们的些许印痕。应该说,宋代处于中国历史重要的转型期,它面临着来自内部与周边的诸多新问题、新挑战,并不是古代史上国势最强劲的时期;但它

解读 ■ 宋代历史再认识

在物质文明、精神文明方面的突出成就，在制度方面的独到建树，它对于人类文明发展的贡献与牵动，使其无愧为历史上文明昌盛的辉煌阶段。

风物

岳飞墓

岳飞墓，又称岳坟、岳王庙，地处杭州市栖霞岭南麓，是南宋抗金名将鄂王岳飞的墓地。南宋绍兴十一年腊月廿九（1142年1月27日），岳飞被秦桧陷害，狱卒隗顺背负其遗体逃出临安城，至九曲丛祠，葬其于北山。绍兴三十二年孝宗即位，以礼改葬岳飞于栖霞岭南麓。以后历朝历代都对岳飞墓进行过重修。嘉定十四年（1221），西湖北山的智果观音院改为褒忠衍福禅寺，用以表彰岳飞的功业。明英宗天顺年间（1457—1464），改为岳王庙，并赐额"忠烈"。清康熙五十四年（1715）重修，改变原有建筑规格。1918年，岳飞墓进行整体大修，并在忠烈祠门厅上悬挂"岳王庙"的匾额。1978年至1979年底，岳飞墓按南宋原规格大体修复，后重新开放。

岳飞墓全墓自西向东分为忠烈祠区、墓园区、启忠祠区三大部分，均以石块围砌而成。中间的墓园区，沿东西向轴线对称布局，一座宋代建筑风格的墓阙将墓园区分为陵园和墓地两部分。穿过墓门有甬道通至墓前,岳飞墓在正中,墓碑刻有"宋岳鄂王墓"。岳飞墓左侧是岳云墓。墓园区东西两侧分别是忠烈祠和启忠祠,为墓的附属建筑。忠烈祠区由门楼、祠前庭院、忠烈祠正殿等组成,沿南北向轴线对称排列。进入门楼,道长23米,尽处为正殿。在正殿两侧的东西两庑,分别是祭祀岳飞部将张宪、牛皋的烈文侯祠和辅文侯祠。忠烈祠西的启忠祠,东庑立岳飞五子云、雷、霖、震、霆像,西庑立五媳及女儿银瓶之像。

风
物

岳
飞
墓

忠应庙（王安石纪念馆）

忠应庙,俗称王安石庙,位于宁波市东钱湖镇下水村(东钱湖东岸)。忠应庙主体建筑建于清代同治年间。忠应庙为五开四间合院,由门楼、大殿和东西厢房组成。门楼左侧内墙竖有清同治四年(1865)的"永远碑记"一块。

1047年,26岁的王安石风尘仆仆,从淮南坐小船来到了当时还是穷乡僻壤的海滨小城鄞县,开始了他的从政生涯。王安石在鄞县作出的三个主要贡献是:兴水利,强基础;重理财,纾民困;兴教育,办学校。

兴水利方面,王安石的主要成就是修海塘,创造了"王公塘模式"。王安石兴修水利最突出、最具代表性的政绩是整治东钱湖。他组织率领全县十余万民工,除葑草,浚湖泥,立湖界,置碶闸、陂塘,筑七堰九塘。经全面整治后的东钱湖,从此"七乡邑受沾濡""虽大暑甚旱,而卒不知有凶年之忧",从根本上解决了周边的水利灌溉难题,使东钱湖重新成为造福于民的"万金湖"。

鄞县跨江负海,兼有盐渔之利,素有商贸传统。王安石深切同情人民的艰辛,主张以天下之财养天下之人,施行"青苗法"以解民生之困。此外,王安石还上书改革盐税制,并提出一系列财政制度改革的设想。

兴教育方面,当时的鄞县,教育人才匮乏,王安石遍访山野遗老,终于找到了杜醇、楼郁、杨适、王说、王致等五位饱学之士,史称"庆历五先生"。在王安石的倡导下,明州形成了官学、书院、蒙学三个教学系统。王安石创办县学,对宁波文化的影响是深远的。此后百年,涌现了如"甬上第一状元"张孝祥等近3000名进士和12位状元,这在全国也不多见。而在学术上,从南宋杨简到明清的王阳明、黄宗羲延至清代的万斯同、全祖望,"浙东学派"名扬四方。浙东文脉源远流长,王安石开了一个好头。

风物 ■ 忠应庙(王安石纪念馆)

温州江心屿文天祥祠

文天祥祠原名宋丞相文信国公祠,位于今温州市鹿城区江心屿东首,是崇祀民族英雄文天祥的纪念性建筑。景炎元年(1276)四月,文天祥抵达温州,留居江心屿一个月,题有《北归宿中川寺》诗,表达了复兴社稷的决心:

万里风霜鬓已丝,飘零回首壮心悲。

罗浮山下雪来未,扬子江心月照谁。

只谓虎头非贵相,不图羝乳有归期。

乘潮一到中川寺,暗度中兴第二碑。

民族英雄文天祥给温州人民留下了难忘的记忆。明成化十八年(1482),永嘉知县刘逊向温州知府项澄建议在江心寺东侧隙地建祠纪念,四月落成。弘治十三年(1500),提学副使赵宽偕温处道林迁选谒祠,深感"祠宇卑隘勿称",便由知府邓淮选址扩充,"在寺之北垂,倚岩临流,崇深虚明"。后祠宇和寺同时毁于火灾,草率重建于"山门之东,西违旧址如干武"。正德十六年(1521),复由知府陆镇卿等大加扩充,"门庑宏敞,堂寝崇邃,像设俨雅,丹廓解完"。此后,崇祯九年(1636)又重修一次。今祠为晚清建筑,原址未变,占地面积821平方米,为三间二进四合院式。一进门厅,大门门楣嵌沙孟海书"宋文信国公祠"青石匾额。二进正厅,正厅中有文天祥彩绘塑像,两侧墙壁彩绘文天祥英勇抗敌事迹壁画,分"督师护国""追踪凰跸""南疆击虏""阴房正气""抗节成仁""永怀忠烈"等六部分。两进之间为院落,东西两侧设回廊,回廊和正厅前檐廊陈列诗碑22座,收刻文天祥诗4篇,其余为名流谒祠题咏等。

风物

■

温州江心屿文天祥祠

王十朋纪念馆

王十朋（1112—1171），字龟龄，号梅溪，温州乐清（今浙江乐清）人，南宋著名政治家、诗人、爱国名臣。王十朋纪念馆，位于浙江省温州市乐清市四都乡梅溪村，占地面积约2.6万平方米。

纪念馆整体为三退三进三桥式院落结构。纪念馆大厅系五间重檐式仿古建筑，大厅两侧分别为"不负轩"与"不欺室"，陈列有王十朋生平事迹、诗词文集及研究著作等。

王十朋将书斋命名为"不欺室"，旨在警勉自己与人不欺、与世不欺，并请张浚书写"不欺室"。纪念馆正殿有王十朋坐像。馆后还有一个颇具规模的梅溪文化公园（简称"梅园"），已经种下70个品种的700多株梅花。园中还有王十朋诗词碑长廊、著作碑墙及700多首历代名人的咏梅诗碑。

徐谓礼文书

　　徐谓礼文书,是出土于金华市武义县南宋墓的纸质文书,因墓主人为南宋人徐谓礼,故名为"徐谓礼文书"。由于它的特殊历史价值,因此被定为国家一级珍贵文物。现存文书共包括三部分,共计15卷,分别为"录白告身"2卷、"录白敕黄"1卷、"录白印纸"12卷,内容为徐谓礼一生历官的个人"人事档案"。其中"录白告身"为徐谓礼历任阶官之官告,"录白敕黄"则为徐谓礼历任差遣的敕牒,"录白印纸"则完整记录了徐谓礼从嘉定十四年(1221)以承务郎任监临安府粮料院起,至淳祐十二年(1252)以朝散大夫知信州,近30年间的历官"印纸",也就是徐谓礼一生所有的"考核表格"。"录白印纸"约占全部文书内容的80%。尤为重要的是,这批文书完整记录了徐谓礼自任京官后历任的考课内容,包括各类保状、荐状、任满交割批书、任内功过记录等。如此完整记录一个官员任官考课的纸质文书,为现存宋代文献所首见,对宋代职官、文书,乃至相关的政治、经济等多方面领域的研究,均有无可比拟的重要意义。

后 记

　　《"三读"丛书·开卷有益》由中共浙江省委宣传部组织编撰,理论处具体负责。书中疏漏不足之处,敬请提出批评意见。

编　者

2021 年 12 月

敬 启

　　为了编好这套《"三读"丛书·开卷有益》,编者遴选了不少专家学者和作家的精彩文章。图书出版前,浙江人民出版社积极与作者联系,并得到了他们的热情支持。在此,我们表示衷心的感谢!但由于条件所限,还有少数作者无法取得联系。现丛书已出版,凡拥有著作权的作者一经在书中发现自己的作品,即请联系我们。我们已将录用作品的稿酬保存起来,随时恭候各位作者来领取。

通信地址:浙江省杭州市体育场路347号
　　　　　浙江人民出版社总编室
邮政编码:310006
联系电话:(0571)85102830

浙江人民出版社

图书在版编目（CIP）数据

开卷有益．宋韵文化之制度 / 中共浙江省委宣传部
编．—杭州 ：浙江人民出版社，2021.12
（"三读"丛书）
ISBN 978-7-213-10427-5

Ⅰ．①开… Ⅱ．①中… Ⅲ．①干部教育-中国-学
习参考资料②政治制度史-研究-中国-宋代 Ⅳ．①
D630.3②D691.21

中国版本图书馆CIP数据核字（2021）第259378号

"三读"丛书

开卷有益·宋韵文化之制度

中共浙江省委宣传部 编

出版发行：浙江人民出版社(杭州市体育场路347号 邮编 310006)
　　　　　市场部电话:(0571)85061682　85176516

责任编辑：丁谨之

助理编辑：张　伟

责任校对：戴文英

责任印务：陈　峰

封面设计：厉　琳

电脑制版：杭州天一图文制作有限公司

印　　刷：杭州杭新印务有限公司

开　　本：787毫米×1092毫米　1/32　　印　　张：3.625

字　　数：48千字　　　　　　　　　　　插　　页：2

版　　次：2021年12月第1版　　　　　印　　次：2021年12月第1次印刷

书　　号：ISBN 978-7-213-10427-5

定　　价：12.50元

如发现印装质量问题,影响阅读,请与市场部联系调换。